文章田野 寄东风

陈支平 著

图书在版编目（CIP）数据

文章田野寄东风 / 陈支平著． -- 厦门：厦门大学出版社，2023.1（2024.3 重印）
 ISBN 978-7-5615-8821-5

Ⅰ．①文… Ⅱ．①陈… Ⅲ．①随笔-作品集-中国-当代 Ⅳ．①I267.1

中国版本图书馆CIP数据核字(2022)第189708号

责任编辑	冀　钦
美术编辑	蒋卓群
封面绘图	蔡炜荣
技术编辑	朱　楷

出版发行　厦门大学出版社

社　　址　厦门市软件园二期望海路39号
邮政编码　361008
总　　机　0592-2181111　0592-2181406（传真）
营销中心　0592-2184458　0592-2181365
网　　址　http://www.xmupress.com
邮　　箱　xmup@xmupress.com
印　　刷　厦门市明亮彩印有限公司

开本　889 mm×1 194 mm　1/32
印张　8.5
插页　1
字数　200千字
版次　2023年1月第1版
印次　2024年3月第2次印刷
定价　50.00元

本书如有印装质量问题请直接寄承印厂调换

厦门大学出版社
微信二维码

厦门大学出版社
微博二维码

前言

我之所以出版这本《文章田野寄东风》，动因有三。

其一，我的一位学生陈进国君，前几年说要组织各地的民俗学人撰写一部《鹤鸣九皋：民俗学人的村落故事》，约稿于我。作为老师，不好扫学生的兴，就写了一篇《行路难》应付应付。不料这篇不太像"民俗学"的文章，经常被网站转载，前不久还有"边疆时空"公众号的朋友们在他们的平台上推出。人总是喜欢别人捧场戴高帽的。如此一来，多少提起一些兴趣，不如再多写一些。

其二，这两年的疫情，至今不见消停。本来一年到头出差的时光大致要占三分之一，如今疫情弥漫，大部分出差任务取消了。就连自己服务的学校，也经常为了防疫稳妥，限制我们进校。这就弄出不少闲而无所事事的时间来。以我这种天生劳碌命的八字，闲得慌说不定要闹出什么毛病来。为了健康起见,不如把刚刚提起的一点兴趣发扬光大,接着写些类似于"民俗学"的东西。

其三,厦门大学出版社曾经组织出版一套"凤凰树下"学术随笔丛书,当时的社长蒋东明先生催问了我好几次。我因为没有以上的两点动因,也就迟迟不能完成任务。这下好了,前面的两个动因加上这笔旧账,就凑成了三个动因。事不过三,终于凑成了这本奇怪的书。

"学术随笔"是一种极为高雅的说法。老实说,"学术"这种东西是很难定义的,我的这本《文章田野寄东风》,距离我们现在所定义的所谓"学术",实在是差异太大。不过人老了,总是喜欢怀旧。我就把这本《文章田野寄东风》,当作自己学术生平的一种怀旧之作。从这点上看,或许对于自己后面的学生们,还是有一点点"学术"的价值吧。顺便说一下,本书之所以取名为《文章田野寄东风》,便是从"卷下"的怀旧杂咏中引出来的。

陈支平
2022年3月20日

目录

卷上：闲话

003 / 三十多年前我所经历的田野调查中的行、食、住
021 / 走得更远一些
033 / 田野札记：怪力乱神
049 / 三出江湖——傅衣凌先生和研究生们
067 / 我和南洋渤泥国国王
078 / 师门杂忆
084 / 我心中的韩国磐先生
090 / 往事知多少，应在笑谈中
095 / 福建人民出版社与我
101 / 家乡感言
103 / 少年杂忆
123 / 校园杂忆
135 / 我该如何说话？
139 / 作为凡人的朱熹

145 / 举头三尺有神明

154 / 吴晗先生《朱元璋传》重版序

157 / 徐泓先生《明清社会史论集》序

160 / 《史学水龙头集》自序

164 / 《虚室止止集》自序

166 / 《史学的思辨与明清的时代探索》自序

卷下：杂咏

171 / 小引

173 / 想想过去

199 / 看看现今

241 / 胡思乱想

卷上：闲话

——其时我的"往乡下跑"，可谓中国改革开放之后学界实行"田野调查"的先行冒失者之一，倒也有些名副其实。

三十多年前我所经历的田野调查中的行、食、住

    我出生于农村，生长于农村，在农村当了十多年的农民。1977年侥幸被送入厦门大学读书，一时洋气不起来。1979年考上硕士研究生，跟随傅衣凌教授学习明清社会经济史。老师把我细细审视一番，左看右看不像一个读书人，于是因材施教，对我说，我看你对农村的生活比较熟悉，还是经常到农村去吧，或许会有不同的收获。就这样，我从1979年开始，就隔三岔五往乡下跑，搜集民间文献与口碑资料等等。其时还不知道有什么"田野调查"这样时髦的名字，学校和同学们查找我的行踪，都说"他到乡下去了"。虽然名称不甚堂皇，不过从历史学的角度来考察，其时我的"往乡下跑"，可谓中国改革开放之后学界实行"田野调查"的先行冒失者之一，倒也有些名副其实。

    经历多年的"田野调查"，在自己的学术道路上有些什么收获，我自己实在不好王婆卖瓜。然而不管何种形式的"田野调查"，总是离不开从自己书斋走出去的衣食住行吧。从我的经历看，衣着的好坏、土洋，似乎对于田野调查工作影响不大，那时的农村，大概和我所研究的明清时期也差不多，破衣烂衫随处可见，农村的同胞们对于我们

这些所谓大学里的读书人,随便怎么穿着,一定是没有什么可批判议论的。于是,与"田野调查"比较有关系的事情,就剩下行、食、住三样了。

(一) 身能行之,学之器也

先讲行路难。

二十世纪七八十年代,出门是一件很艰难的事情。交通之不便暂且不说,弄得不好,还有被押进班房的危险。因此,在走出校门之前,头等大事是到学校的办公室开具若干张"学校介绍信"。其时中国的高校普遍穷困潦倒,请假出差的人员不多,学校办公室对于这些稀罕的出差人,很肯帮助。我需要走几个县,他们就愿意帮忙开具几张介绍信。如今的高校形同闹市,人多势众,车水马龙,每天需要出差的人络绎不绝,学校办公室就不能不显得位高权重起来。虽然说现在的教师出差,大部分并不需要到学校办公室开具三十年前的那种介绍信,但是作为学校管辖之内的庶民,总不免有一些需要学校办公室盖一个公章的什么事情,那就十分麻烦,非得过五关斩六将,最后由分管的副校长审批不可,真是此一时彼一时,不说也罢。

口袋里装好"学校介绍信"之后,心里就踏实了。那时的厦门大学介绍信,和现在的人民币一样威风。每到一县,第一件事情就是直奔县人民政府办公室,办公室的领导一看盖有大红图章的厦门大学介绍信,不敢怠慢,立即询问,需要什么协助?我说明来意与需求之后,一般的情景是,办公室的领导在学校介绍信的背面,写上诸如"请县招待所、文化局、图书馆、档案馆、某某人民公社等予以接待办理"的字样。有

▷ 上大学时的学校办公大楼（群贤楼）

了这些字样之后，我再一一到这些单位落实我所需要做的事情。

七十年代末，党和政府提倡科学、尊重知识，一时有"科学的春天到来了"的口号。在这种口号的感染之下，所到县及以下文化局、图书馆、档案馆、人民公社的领导们，对于我的到来，诚心欢迎，热诚相助。有不少干部还陪同我到乡下跋涉飘零。三十多年过去了，这些干部的名字我也大多忘却了，但是直到现在，每当我翻阅当时搜集来的资料和重温我写过的所谓论著时，想起他们，心里总是泛起一丝隽永的温暖和谢意！

不过到了八十年代中期，情景就有些不一样了，改革开放的成果逐渐显现出来。我到了县城，照例签转介绍信之后，县里的其他衙门，也照例会指配一二位干部陪同我下乡，陪同的干部也照样热情。但是到了公社、大队（后来改为乡、村）之后，热情的各级干部，照例是要请吃饭的。有饭岂能无酒？酒足饭饱之后，总得休闲一番。于是麻将一字排开，搓他几盘。我对麻将一窍不通，何况还有调查的任务要做，然而学校请假的时日有限。我不得不婉转询问热情的干部们，是否可以前往调查点？干部们悉心安慰，说是明天一早就去，耽误不了大事。我也只好耐心等待。第二天我早早起床，陪同的干部宿醉未醒，胃痛发作。健康第一，救人要紧，我反客为主，陪同前往医院，田野调查的事情暂时放到一旁。

虽然有过这样的挫折，但是过不了多久，交通逐渐便利，个人身份证也开始试用，从此以后，我的田野调查工作，就不需要经过学校介绍信和各地政府的签转及干部的陪同，变得独往独来起来。尽管如此，有些热心的、好奇的，以及警惕性高的当地干部，听说我来此地做田野调查，还是愿意陪同我一道前往。

田野调查的官场程序完成之后，接着紧要的事情，就是交通工具了。二十世纪七十年代，中国大地上风行的交通工具是自行车，据说在美国总统尼克松访华时备受赞扬，露脸全世界，而汽车一类，则是难得一坐。如果调查点距离县城比较近，自行车的解决之道有二：一是依靠当地陪同干部的仗义，不知从哪里挪借一用；二是向当地修理自行车的店铺租用，一天的租金是一角钱。这在当时也算是一笔不小的开支，在比较偏僻的乡村公社食堂里，差不多是一顿饭的饭钱了。更要命的是，这种租车费，学校是不能报销的。

有时调查点距离县城比较远，自行车也力所不及，那么就只能依靠国营的"班车"。"班车"的车费虽然比较贵，但是因为有国营盖红章的车票，回学校报销没有问题。然而麻烦之处是不能像自行车那样机动灵活、可进可退。当时的"班车"是稀有之物，仅此一家、别无分号。从县城到数十公里之外的调查点，无一例外是上午去、下午回，或者是即去即回。如果错过唯一的"班车"，就只能滞留他乡、寸步难行了。因应之道,或是事先在当地公社的衙门里,找好晚上落脚的场所,以便今天来,明天、后天或若干天后,按照"班车"规定的返程时间搭乘回县城;或是早上来,匆匆把事情做完之后,赶上下午"班车"返程的时间,回到县城。

不过计划的如意算盘也有落空的时候。有一次,我和一位书香门第型的同事一道前往一处偏僻的山村做田野调查,原本计划上午去,下午回。上午的计划进行得很顺利,当地的老者既热情又健谈,中饭让我们饱餐一顿,又让我们搜集到不少资料。宾主气氛融洽,就不免有些忘乎所以起来。等到记起告辞赶到车站时,"班车"早已开走。要说在这里过夜嘛,我的那位书香门第型的同事实在是没有与民同乐的勇气;再说,乡村的老者虽然热情,但是在当时大好形势之下,尚有某些"衣难蔽体"的贫困山村,他的家中实在也没有多余的床铺和棉被来让我们安顿。无奈之下,老者向我们指明一条翻山越岭的道路,翻过眼前的这座山,就可以看到县城。"班车"须走坦途,绕了大圈,长达二十公里;如果翻过此山,只有十余华里的行程。

我成长在有中国华东脊梁之称的武夷山区,翻山越岭本来就是我的强项。既然有老者指明这样的近路通途,我就立刻告辞准备登程。可是我的那位书香门第型的同事,却是左右为难、畏畏缩缩。不走嘛,铁定就得在山村龟缩一夜;要走嘛,前途未卜、生死难料。最后禁不住我和老者的宣传鼓动,把红军长征的精神都搬出来,我的同事勉强跟我上路。经过一个多小时的跋涉,我们回到了县城。这里顺便交代一句:为了让我的书香门第型的同事不扯后腿,我既当向导,又当挑夫。到了县城,我的同事颇有死里回生之感,庆幸之余,那天晚上的晚饭就由他请客了。

（二）食不饱，力不足

唐代的韩文公曾经说过"食不饱，力不足"，圣哉其言！更何况"田野调查"是必须爬山越岭、四处奔波的事情，吃饭就显得尤为重要。

讲到"吃"，大概世界五大洲之上各色人等，很难比得过中国人对于吃饭之重视，中国各地餐馆酒店的密度之高，恐怕世界上很少有地方可以与之比肩。即使是远在欧美的"唐人街"，也是以中国餐馆闻名的。所以从现在改革开放的大好形势看，中国人是不用发愁没有地方吃饭的。但是在三十几年前，情景就不是这样了。出了家门，要想有饭吃，还得必须具备许多前提条件。

首先，要准备好"粮票"。那个时候粮食的供应是由政府定量的，大学生时期，每月30市斤（1市斤等于500克）；读了研究生，不知是何缘故，改为与一般老师同等的定额，每月28市斤。如果要兑现这每月28市斤的粮食，还要具备两样东西，一是户口簿，二是"粮票"。每月在规定的时间内，拿着户口簿到有关部门领取"粮票"，然后凭着"粮票"，到仅此一家、别无分号的国营粮店中购买大米、面粉、食油以及豆类等等，这样才可以居家过日子，不至于三餐无继了。

如果要出门远行，事情就复杂得多。备足"粮票"是万不可缺的事情，但是我所在的厦门大学，日常所持有的"粮票"，能有效使用的地域十分有限。原因是厦门市地处"对敌前线"，政治、军事、文化等等地位据说都比较重要，中央政府特别恩准，予以特殊政策，可以自行发行"厦门粮票"，而一般的区域，基本上只能由省一级的粮食主管部门印发通行于本省之内的"粮票"。厦门市可以自行发行"厦门粮票"，本来是中央政府给予的特殊优惠政策，但是对于我这种需要经常往乡下跑的人来说，就比较麻烦了。比如，我的田野调查地点选择在厦门市所管辖的厦门市区或同安属县，"厦门粮票"的横行无忌自然是没有问题的。但是不幸的是我的田野调查点，大多数是在厦门市管辖之外，"厦门粮票"就失去它的效力了。解决之道，是先到学校的总务部门，开具一纸介绍信，说明某人因为工作的需要，远出厦门市，需要兑换若干斤"福建粮票"，望"予以大力支持为盼"云云，这样，"厦门粮票"就成了"福建粮票"，可以在福建省内通行无阻了。

然而"田野调查"总不好专门在福建省内转来转去，偶然也有到邻省浙江、江西、广东等落脚的时候，这样一来，"福建粮票"又无法奏效了，必须进而兑换成所谓的"全国粮票"。把"福建粮票"兑换成"全国粮票"，其难度又要胜出"厦门粮票"兑换成"福建粮票"一筹。因为为了做到"全国一盘棋"，在"全国粮票"里面，是包含着若干"食油"在里面的（好像是每月每人定额1市斤余，具体数额记不清了）。而像"厦门粮票""福建粮票"这样的"地方粮票"，没有包含"食油"，居民有另外发放的"食油票"。你拿着"全国粮票"到外省人家的食堂、饭店去吃饭，人家煮菜时所添加的"食油"从何着落？如今要把"地方粮票"兑换成有包含"食油"在内的"全国粮票"，就必须添上一定数额的"食油"。于是，当我去厦门市粮食管理部门兑换"全国粮票"时，还得再次带上户口簿和"食油票"，将每月1市斤余的"食油票"退还给粮食管理部门，可以换回30市斤的"全国粮票"。有了这30市斤的"全国粮票"，才可以通行中国，不至于忍饥挨饿了。记得1987年的时候，全国清史学术研讨会在深圳市举行，我的一位日本同学、现任日本北海道大学历史系教授的三木聪先生，前来与会，会后特地从深圳绕道到厦门，探望身患重病的老师傅

▷ 1987年傅衣凌先生在深圳小梅沙宾馆与学生们的合影

衣凌先生。到厦门落脚之后，他身无"粮票"，无处吃饭。饿了两餐之后，实在坚持不住，十分难为情地对我说，能否暂借两斤"粮票"？我一边赶忙说没有问题，立刻去取，一边责怪自己粗心大意，怎么没有考虑到这一关节，让充满尊师重道之情的日本同学受此磨难。此时正是晚饭时分，我就带着三木聪同学到我的住处，先吃饭再说。同学多年未见，饭中不免互诉衷情，加上有酒助兴，我的话语更加滔滔不绝，不知不觉之中，反而把最要紧的"粮票"之事忘得干干净净！眼看时间不早，三木聪先生实在不好意思再次提及（他也许认为我有为难处，故作潇洒健谈虚与应付），起身告辞，我也恭送如仪、互祝珍重。第二天，三木聪同学回日本了。他走了之后，我才又一次马后炮般想起此事，只能再次责怪自己。时至今日，每当我想起这件事时，心里总有一股深深的歉意。

还是回到"田野调查"的正题吧。有了"粮票"之后，出门吃饭还是有不少问题。第一是可供吃饭的地点很少。其时"文化大革命"刚结束不久，"文革"中盛行的"割资本主义尾巴"的余威尚存，一般的县城，供应饭菜的地点基本都是"国营"的，故在招牌上往往要注明"国营饭

▷ 1987年在深圳小梅沙宾馆参加清史会议时的同门师生合影

店"。这样的"国营饭店"每个县城一二间不等,私人开设的饭店相当罕见。

"国营饭店"虽然是向全民开放的,但是我还是不敢随意进去,因为我必须量入为出,打打钞票开销的算盘。其时我的硕士研究生每月津贴是四十余元人民币,比当时的中专毕业生工资略高,比大学本科毕业生工资略低。三十多年前中国的大学生毕业后,工作是由政府分配的,人人皆有,不用发愁。大学毕业后大家所急于求成的大事,是赶紧结婚成家,一点不像现在大学毕业的大学生、研究生们,对于结婚成家是从容不迫、不慌不忙。所以,每月四十余元的津贴,是需要用于养家糊口,甚至仰事俯育的。那时并没有"月光族"的雅号,但是中国的真正"月光族",可能就不能不多让与二十世纪七八十年代的这班人了。现在忽然要出门做田野调查,无端从家中分出一张嗷嗷之口,增加钞票开支的压力就不能不随时放在脑海之中。

出门要多花费,好在党和政府早就替大家考虑好了,制定好政策,走出厦门岛,每人每天补贴人民币六毛钱。为了不给艰难持家的夫人增添经济上的烦恼，我暗下决心，每天的吃饭开销，尽量控制在这六毛钱之中。具体的三餐设计是：早晨一毛钱，中餐和晚餐两毛钱，剩下一毛钱作为预备费，以济不时之需。根据这一开销计划，显然，"国营饭店"是去不得的。因为那里的一碗面，是要收三毛钱的。以当时刚刚从农民转化过来的我的肚子，这样的面食，吃完一碗，就像猪八戒在五庄观吃人参果一样，毫无感觉。

在这为难之际，厦门大学"学校介绍信"起到了中流砥柱的作用。凭着这一纸介绍信，我可以入住县政府招待所。招待所里除了提供床位歇息之外，同时还供应一日三餐的饭食。招待所里饭食的价格，似乎也是和政府关于干部出差津贴的好政策成龙配套的，每日三餐的饭钱，一般控制在六毛钱左右。如果是到福建比较偏僻的闽北、闽西等山区县城，物价低贱，外地前来公干的人员也比较少见，县政府招待所里的饭菜，不仅价格便宜，而且米饭可以随意吃，真正不用担心"食不饱，力不足"之虞了。

但是既然是"田野调查"，总不好整天待在县城只顾吃饱饭吧！往乡下跑才是正经事。到了乡下，第一站是人民公社所在地。一般的人民公社办公场所，会有所谓的"内部食堂"，我因为托学校介绍信又经县政府办公室签转的威力，是可以到这些公社的"内部食堂"用餐的。由于地处乡下，公社里的"内部食堂"，价格比起县府招待所的食堂，更加便宜一些，饭钱有所节省。但是公社的"内部食堂"，并不像学校的食堂和县府招待所食堂那样风雨无阻、餐餐开张。那时的公社干部，工资待遇跟我这种穷汉子差不多，也没有什么可以特别"寻租"的地方。节省开支自然也是每位公社干部维持日常生活的题中之义，绝大多数的公社干部，为了节省开支，基本上是各自以家庭为政，开火造饭，难得到食堂招摇消费。这样一来，公社的内部食堂，只能根据工作的需要时开时关。运气好的时候，被我们撞上，吃得好、吃得饱，又省钱；运气背的时候，不得其门而入，只好多花些钱，到街上唯一的饭店中胡乱对付。这样时而盈余、时而超支，始终坚持每天饭钱控制在六毛钱的份额之内这一"硬道理"。

"田野调查"这种事情，还是以庄子的"每下愈况"为佳。所以无论县城，还是公社所在地，往往只作为必经的中转站，不宜久留。到了真正的乡下，就没有专门给干部们造饭的机构了。解决吃饭的办法，全靠自己因地制宜、机动灵活。其时的乡下，农民们虽然穷困，但是待客热情，对我们这些肯耐心听取他们诉说的大学"干部"，热情尤甚。每当双方交谈甚欢、又时临吃饭的时候，他们是一定要请我们吃饭的。原先我们还在担心中饭、晚饭怎么办，有了这样热情的访谈对象，我们自然也就随机应变，客气两下，客随主便了。如果碰巧遇到农民家中有欢庆嫁娶的大事，老乡又往往把我视为"贵人"，是一定要奉为座上宾的。现在养生之道盛行，回想起来，当时在偏僻山村所享用到的欢庆喜宴，应该是最天然、最环保的。此席只应山中有，人间能得几回闻？今后恐怕就难得一见了。

没有想到乡下吃饭的问题如此顺利而又省钱地解决了，但是紧接着问题又来了。在走出校门之前，学校以及系里的党政领导爱护我们，生怕我们到乡下犯错误，根据那时的规定，谆谆教导我们要向红军学习，不拿群众一针一线，到群众家吃饭，是务必要给粮票和饭钱的。领导的教诲是一定要听的，上级的规定是一定要遵守的。所以当我们初来乍到乡下之时，在农民家吃饱之后，就要开始锱铢必较起来，把一天一斤粮票和六毛钱的津贴定额分成三等分，再根据吃饭的一餐或者两餐,精准奉还。在受到党和领导的教诲之后,我在进行此项工作的时候,态度是十分认真的,但是乡下的老乡们似乎很不领情,双方授受推让几近破局,老乡们生气了。在他们眼里,这样做是不通人情的,也是对他们的一种蔑视!我出生于农村,明白他们的感受。我也只好偷偷违背领导的教诲,暂时把红军精神放在一边。

老乡们的热情使得我们的"田野调查"进展顺利,但是经常白吃老乡的饭菜,心里总是有些不安。经过一番探索之后,终于找到了两种解决的办法。一是在走出校门之前,在校门口的"厦大百货商店"订购一箱"檀香皂",每块"檀香皂"一毛二分。到了调查点之后,可以作为赠送的礼品,以示礼尚往来。第二种办法是,"田野调查"随身所带之物中,照相机是最必需的(那时还没有随身可带的录音、录像机)。落后的山区,大多数人们从来没有照过相,我就主动给他们每人一张,重点对象多照几张也无妨。这一招的效果奇佳,每当要给老乡们照相的时候,人们纷纷穿出他们所能拿出的最好衣裳,满脸春风,像过节一样。可惜的是,到了真要拍照的时候,每个人立马脸部僵硬起来,手脚无措,虽然多方诱导,多半还是无济于事,那就顺其自然,立此存照。多少年后,我有时还会回访当年的调查点,竟然在一些老乡的家中,还能看到当年我给他们拍的照片,被悬挂在厅堂之上。此情此景,不能不让我想起当年与老乡交往过程中的盛情与温馨。

当然,老乡们的饭菜也有美中不足的地方。贫穷的农村、窘迫的农民,当然是没有能力做什么正衣冠、丽华厦一类的事情,餐桌四周,乃至灶台锅碗瓢盆,在清洁卫生方面难免多有欠缺。我所生长的农村,与所到之处相差无几,自然是处之若素、随遇而安。但是如果同行的同事或学生们出生于富足之家,或者书香门第、官宦府邸,就很难迅速进入

▷ 在厦门大学历史系读本科时的田野调查

角色,端着饭碗,久久难于下咽。鼓励之道,是劝慰他们向鲁迅先生学习,眼睛只盯在饭碗里面的美食之上,而对于饭碗以及饭碗之外的光景,就"眼不见为净"了。

(三)广厦间左总相宜

"田野调查"中的"住",比起行与食来说,相对可以让人放心一些。原因是根据国家和学校的规定,干部、教师等外出公干,住宿费是可以报销的。这样就省去了经济上的担忧,免得像每天的吃饭那样,一边咽食,一边还要在心里头打算盘,思量这顿饭是否超支、如何补救。

有了学校的介绍信,所到的县政府办公室会很热情地把我们转介到县政府招待所。根据那个时候政府人事招待体系的规定,各级政府招待所,主要接待来自行政机关、事业单位以及国有企业的干部、教师们。改革开放之初，外出公干的人不多，尤其是那些比较偏僻的山区县份，往来的人员更加稀罕。因此，那时入住县政府招待所，是一件很让人心情轻松愉快的事情。一方面是招待所的环境普遍优雅、清静，内部卫生整洁，另一方面是入住的人员有限，远隔嘈杂，如果有什么需求，招待所里的服务员亦可立马办到。当时的感觉是，入住这样的县政府招待所，是名副其实的"宾至如归"。

但是县政府招待所也有它的不足之处。那个时候中国地、县一级公私住宅的方便之所，基本上还是延续我们老祖先千年以来的习气，卧房之内不设厕室（女性除外，设马桶），当今遍布于全中国的源于西洋的坐式马桶，其时极为罕见。所以在招待所里，不流行在房间里面设有卫生间。每个楼层在众多卧室之外，另设一所公共卫生间，以供这个楼层内的住客共同使用。公共卫生间中设计若干个蹲坑，如有方便需求的客人，可以自行选择坑位，蹲着以行其事。讲究一些的卫生间，具有一定的保护隐私意识，大多在每个坑位之间，以木板或者砖墙隔开。而在少数更为偏僻的山区县城，偶尔也有全开放式的，蹲位之间并不予隔离。客人们在这样的卫生间里，可以互通声气，畅谈国事，倒也不失为一另类的交谊之所。现在回想起来，当时中国人十分流行抽烟，虽然于健康稍稍有碍，但是万事不可绝对，此时此地的抽烟，对于净化空气，却是别有一番无可替代的作用。

二十世纪七八十年代，各级政府招待所乃至对全社会公开的旅馆，几乎都是采用双人或多人合住的形式。县政府招待所要高级规范一些，一般是双人合住。假如我们入住的是二人或双数的同事，就可以独据一室，别无外人。如果是我一人独行，或者同事是奇数，那就必须与不认识的外人合住一室。这在八十年代前期似乎也没有什么不妥，你我虽然互不相识，但是均为所谓的干部、教师，颇有友爱互助精神，所以合住犹如佛家有缘，善谈者还可以相互流通信息，增广见识。但是到了八十年代下半叶，情况就有了很大的改变，一些国企单位施行承包制度，出差的人员就逐渐多元起来。凭着国有单位的介绍信，这些客人还是可以入住政府招待所的，而其中的极少部分人员，不免有鱼龙混杂之嫌。惨痛的教训是，我在某县招待所与一位浙江方面来本地营销的企业人士合住一室，当我外出调查回来，放在招待所房间里面的行李，连同那位室友，一道不见了。赶紧向招待所反映，招待所也是恨莫能助。

有了这次教训之后，我入住县政府招待所，开始采取个人包间的方式。其时县政府招待所的房费相当便宜，一般的房间，每晚大体在一元人民币之内；有些偏僻的县城，每晚价格低于五毛钱的也所在多有。即使是自己单独包住一间，也不过在一元钱左右，这在财政报销制度上还是混得过去。更为重要的是，我以保护珍贵文献资料防盗为由，振振有词，使得学校的领导们也认为非得包间不可。这次被盗的经历，真是印证了老子《道德经》中所谓"祸兮福所倚"的名句。

接下去往乡下走，是人民公社的所在地。公社所在办公场所，有的设有招待社外干部的住宿房间，有的则没有。设有招待社外干部的住宿房间，一般的情景是免费的。免费的原因有三：一是来这穷乡僻壤公干的社外干部，基本上是别社或县里的熟人，待客之道不宜如此精算；二是这些外来的熟人干部，以穷汉为多，更不应该为了公事而增加他们的负担；三是公社所设的这些有数的招待房间，名与言均不正不顺，既要收费，就得开具发票，而开具发票是需要一番相当复杂的程序的。与其苦心求之，还不如无为而治，乐得个顺水人情。

在公社没有设立招待外来干部住宿房间的情况下,一般的公社所在地,也会有一间对外公开的简陋旅社。这种旅社是要收钱的,但是依然是没有发票的。在这样简陋的旅社里住宿,住宿费用就成了我们一笔额外的经济负担,不像上面所讲的吃饭那样,可以盈亏相冲,平衡开支。但不管是公社所设的免费招待房间,还是街上的简陋收费旅社,都有一个共同的特征,那就是霉味弥漫、跳蚤臭虫肆无忌惮。想必在这些地方住宿的客人极其有限,平日赋闲无所事事的跳蚤臭虫们,好不容易遇到一个"小鲜肉",非得加倍努力咬上一整夜不可。

再往下走,到了真正的乡村。尽管其时的乡村贫困寒苦、卫生环境不好,但是从事田野调查,还是免不了要在乡村中住宿的。再说,老乡们的热情挽留,有时也让我们不得不客随主便,在好客的主人家中安顿了下来。主人敢于热情留我们住宿,一定是家中尚有多余的被子等眠具,这在当时的农村,也可以算是"富户"了。因为在我们所探访的许多农村家庭中,一家五六个孩子挤在一张木板床上盖着一席破被子的情景并不少见。

虽然是住在"富户"家中,但是跳蚤臭虫一类的伙伴前来伺候是免不了的。根据我多年与跳蚤臭虫打交道的经验,在新的住宿点住下之后,第一天晚上是不能睡好觉的,要向佛祖学习,怀抱"我不入地狱谁入地狱"的气概,放胆让跳蚤臭虫们吸个够。这些小动物在饭饱血足之后,似乎对于客人的兴趣迅速下降,到了第二天晚上,我就可以相安无事、放心睡大觉了。

跟跳蚤臭虫等等和平共处之后,最大的难题还是在于"方便"。乡下的茅厕,因地制宜、因地而异,风格各有不同。在一些地方男女共用,当地人司空见惯,无所畏惧。而我们这些所谓读书人,就有些不好适应了。例如，在闽北山区各地，树木茂盛，木材丰富，农村通用的厕所，是一个大木桶。如需方便，必须爬上木桶。有一次，主人在睡觉之前热情请我们喝糯米佳酿。一位同事感于佳酿美味，多喝了几杯。不料佳酿虽好，后劲强盛。这位同事不胜酒力，前往如厕。半天不见回转，赶紧去找。只见他身落木桶茅厕中，仅露出肩部以上的脑袋，碍于斯文，不敢高声呼喊，以至于此。再如在闽西山区的一些乡落，厕所是男女混用的。我们初来乍到，忽然在厕所中遇到异性，大吃一惊。可是绕着厕所找另门，始终未见。经过询访，才知道并没有走错厕门，只是男女平等共用一厕而已。为了防止混乱，当地人的识别之道，是在进厕之前，大声咳嗽一声二声不等；里面的异性听到信息，也会做出相应的信号，大家便相安无事了。我们是读书人，并且年纪轻轻，无端装咳嗽有失体面。好在这里是革命老区，盛行红军歌曲。我们便约定如厕之前，开始哼唱诸如"八月桂花"之类的革命歌曲，也就很好地对付过去了。

当然，如果是带着几位学生一道到某地做田野调查或教学实习的时候，以上的办法就统统不管用了。一是人数较多，乡村中的"富户"实在容纳不下；二是待的时间相对长些，必须做长远打算。其中最经济、最可行的办法，是向人民解放军学习，野营拉练，自己携带被子草席蚊帐等，在当地安营扎寨。

既然要安营扎寨，首先必须找到一个适合安营扎寨的地点。当时的农村，破房子有的是，但大多不适合男女同学栖身居住。要么四处透风、不遮风雨，要么人畜混杂、阴阳难辨。再加上农村没有通电、缺乏光明，一到晚上，山上鸟兽嘶嚎、萤火闪闪，胆子小的同学深感安全缺乏保障。经过一番权衡之下，安营扎寨的地点，基本上就选择在生产大队或小队的队部与仓库之类的地方。为了确保安全，人多力量大，决议打破男女界限，男女同学老师同居一室。男左女右，有序排开。

那时的男女同学关系还是相当古板的，男女之防，卓有古风，一点也不像现在的流行风气，以比赛接吻、拥抱为时尚。本来，我们外出做田野调查，每到晚上，既无电视音乐等等可以消遣，又无舞会可供享乐，黑暗之中的夜谈是最大的乐趣。但是自从男女同事、同学同居一室之后，大家反而鸦雀无声。加上没有光明，很快就进入梦乡，第二天，果然精力更为充沛。

以上的情景一晃就是三十多年了。这些年来，我有时也会到三十年前做过田野调查的偏僻山村做些回访。现在的情景是，在一些偏僻的乡村，偶尔树立数座具有现代风格的钢筋水泥楼房，而与之相邻的旧房子，愈显得破败。但是不论是破败的旧屋也好，新建的钢筋水泥楼房也好，奇怪的是都少有人居住。在我做田野调查的时候，农村虽然穷困破败，然而是人丁兴旺、鸡犬之声相闻的。现在则不是如此，尤其是在一些深山老林的乡村中，经常是仅留有少量年迈或幼稚的"留守老少儿"，一副肃杀景象。每当我站在我曾经与之交融相会的村落面前，不仅会想起杜甫的著名诗句，"无边落木萧萧下"、"独留青冢向黄昏"；也会想起伟大领袖毛主席的诗句，"千村薜荔人遗矢，万户萧疏鬼唱歌"。当然，现在的偏僻农村的破败与人口稀疏，并不是如杜甫所吟诵的战乱之祸，也不是如毛泽东所吟诵的血吸虫之瘟，而是所谓的"城市化进程"使然。我不知道，偏远农村的破败，究竟是好，还是坏了？至少，我心目中的乡村，还是应该充满生机、充满和谐、充满温馨。也许，是我错了！

走得更远一些

前面我所写的《三十多年前我所经历的田野调查中的行、食、住》,因为是回忆田野调查工作,所以其发生地,主要还是在福建区域内,以及相邻的粤、赣、浙交界处。话既然已经说开了,那就索性再向前看,走得远一些。

二十世纪七十年代末,也就是我国改革开放刚刚开始的时候,人口的流动还是颇受限制的,学校里面外出公干的教师也很少。到了八十年代初期,改革开放已经初现曙光,人口的流动也活络起来,逐渐出现"盲流"的雅号。人口流动活络起来,但是与之相适应的诸如客店、车船等等住行设置,却一时无法跟上改革开放的步子。

先说车船吧,那时购买车船票就是一种相当艰巨的任务。记得春晚曾有一个小品节目《有事您说话》,是郭冬临先生主演的,里面讲的就是购买火车票的艰辛历程。学校里的老师要出差到省外去,购买车船票同样也是必不可少的第一件事。好在当时厦门大学的领导们未卜先知,未雨绸缪,早早在学校总务处底下专设了一位负责购票的人士,并且与厦门市有关部门沟通好,每天有一定数量的车船票供应给我们学校。

这位专司购票的先生好像姓陈,他给我的印象始终是不苟言笑,从头到脚都是圆滚滚的。其时我刚毕业留校,学校的诸位领导,我既没有机会见到他们,也轮不到我去见他们。因此我当时对于学校各级领导的认知,这位陈先生就是最大、最了不起的了。好在这位陈先生虽然表情严肃威风,但是办起事来却十分认真可靠。在我的记忆中,每次需要出差求助于他,都是有求必应。如果是购买火车票,是一定可以弄到硬卧铺票的。

在当时的情境之下,这位陈先生的本领毕竟还是有限。因为厦门通往省外的火车站点,最远的只有上海和江西的鹰潭。那个时候的车船票是无法购买联票的,也就是说,从厦门出发,要么买到上海,要么买到鹰潭。上海、鹰潭之外,就必须自己到窗口去排队。这位陈先生的购票权限,也就是到此为止,之外的事情他也爱莫能助。

好吧,上海就上海!记得是1982年的某一天,我准备好简单的行装,手中掭着从陈先生那里买来的火车硬卧铺票,前往车站。其时火车站及火车里的盛况,是现在年轻人们再怎么"脑洞大开"都无法想象的。火车站及火车车厢里面,除了人类顾客之外,鸡鸭猪狗,树苗青菜,应有尽有。车厢里面各种活的、死的物品,与活着的男女人物拥挤在一起。大家安之若素,毫不奇怪。有些善于睡觉的乘客,抢先钻到座椅底下占领地盘,不久就在底下呼呼大睡起来。有些特别潇洒的乘客,利用猪笼作为平台,耍起扑克牌。那时的女同志也格外开放不惧世面,怀中的小朋友肚子饿了一闹,母亲们二话不说,敞开胸怀,让宝宝们尽情享受。我们常常夸奖中国人民吃苦耐劳,在这火车的车厢里面,大概是最能体现我们中国人民的这一优良品德的了。

看到火车站和火车厢如此情景，我躺在相对安静的卧铺车厢里，一种高人一等的莫名优越感油然而生。喝水不忘掘井人，那位表情严肃威风的陈先生音貌也就随之涌上我的心头。多少年过去了，这位陈先生没有再遇到过。闲来无事的时候，我还是会不时地想念当时学校购票的依稀情形。

厦门到上海的火车大概是那个时期中国行驶最慢的载人列车，单程需要四十个小时。高人一等的感觉，满打满算也就维持这四十个小时。到了上海下车之后，我突然感觉自己又回到了需要发扬吃苦耐劳优良品德的时刻。下车之后，随着人流，挤进售票处，在长长的队伍后面缓慢挨近购票窗口。约莫排了两个小时的时间，已经没有从上海直达北京的火车票，只好买一张从上海到天津的无座票。无论如何，坐上这趟车，距离北京总是靠近了一些？那时自己年轻身强力壮，无座就无座，顶得住的。

票买到了，离开车的时间还有四个多小时。时间宽裕，突然感觉到腹中饥饿难忍，那就先找个地方吃饭吧。那个时候吃饭可不是一件小事，至少需要备齐人民币和粮票两种物件。所有饭店都是国营或集体单位经营的，路边街旁不允许小商小贩随意摆设小吃摊位。我只能沿着车站大门之外的街道一路寻找，走了大约有一公里多的路程，终于有了一家小小的饭店，进去一看，人满为患。那就继续等待排队吧。又过了约莫一个小时，已经饿得昏头昏脑，终于轮到我吃饭了。这家饭店供应的饭菜十分简单，只有一种馄饨面。吃完馄饨面之后，精神倍增，抬头看一下招牌：大众饭店。

赶回火车站，离开车的时间不长了。车站里的高音喇叭不停地呼喊：从上海到天津的某某班次就要检票上车，请旅客按顺序排队。队也排了,顺序也有了,就是不放闸门。这样又过了半个多小时,才像被人推似的不由自主地上了车。

上了火车,不得了,到处是人和物件,真真只剩下"立锥之地"。从上海到天津,车程也要十个小时左右,就是铁打的身体,一直"立锥"似地站着,也是吃不消的。怎么办?我忽然发现,自己随身携带的物品里面就有一个天然的凳子!那个时候出去参加什么学术会议,提交论文不像现在这么简便,从电子邮箱或是微信中就可转发过去。那时参加会议的人必须自己把论文印刷出来,根据会议主办方的要求,装订成一百余册,再自己带到会议上来。我手上的这个物件,就是准备参加学术会议的论文,一百多份,摞起来装成大约有二十几厘米高的一个长方形的纸包。这个二十几厘米高的纸包,不正好可以当作小凳子来坐坐吗?主意一来,我也就不管它"立锥"不"立锥",在自己"立锥"的地方硬生生地把这包论文纸包插进去。纸包安放妥当,我也就大大方方地坐在上面,享受着现代列车的快速奔驰感了。举一反三,自从这次论文纸包变成火车小凳子之后,至少一直到八十年代中期,我外出开会坐火车什么的,就全托这些论文纸包的福了。这些论文也算是响应党和政府的号召,能上能下,漫漫旅途中甘心在下,为屁股服务;到了学术研讨会堂,又能够高高在上,探索经史,弘扬学术文化。

到了天津,已经是夜晚十点多钟。依旧是排队买票,火车的开动时间是次日上午,那就得去寻找过夜住宿的宾馆。那时宾馆都是国营的,数量很少,床位奇缺。在附近转了两个多小时,都被拒绝在外,无奈只好回到天津火车站。天津火车站跟上海火车站最大的差别,就是上海火车站前逼仄不堪,除了人就是人;而天津火车站前面有一个很大的广场,广场上聚集了好多人,大概也是同我一样,一时找不到住宿的地方,干脆在广场上消磨时间,等待发车。

广场上的人们来自祖国四面八方,三教九流的人都有。在我呆坐之处的附近,有几位卖艺耍猴的艺人,闲得慌,索性在广场上练起功夫来,有翻筋斗的,有劈叉一字马的,有拿大顶的,还有跟猴子相互比画的。艺人们的练功,给我们这些流落他乡的闲汉增添了无限的乐趣。我出身农村,一直为生计奔波,骨子里面毫无诗意。在这异乡的广场中相互偶遇,却不由自主地想起了白居易的诗句:"同是天涯沦落人,相逢何必曾相识!"卖艺的艺人中有一位约莫十岁的小姑娘,善吹唢呐,她用唢呐吹起一首六十年代风靡全国的歌曲《不忘阶级苦》。我记得歌词的开头是"天上布满星,月牙亮晶晶",这歌词倒是很契合当前的境地。在那昏暗的灯光闪烁中,小姑娘的身影若隐若现,宛如隔着纱帘的仙姝。她那略带哀怨的唢呐曲声,帮我度过了这段无聊而又无助的夜晚。时至今日,在夜空寂静的时候,我还会不时地想起天津火车站前广场上这班卖艺的艺人,尤其是那位小姑娘。

第二天,我顺利地坐上往北京的火车,两个多小时之后,来到了北京火车站。经过无眠的夜晚和火车的奔波,我已经疲惫至极。心想此次来北京的任务有二:一是到王府井大街上的中华书局呈交书稿,二是参加一个学术会议。衡量一下,到中华书局呈交书稿更要紧,必须先完成。这部书稿是"文革"以前由翦伯赞、郑天挺二位先生主编的《中国通史参考资料》的其中一个分册,即明史部分,由我老师傅衣凌先生担任分卷主编。"文革"来临之际,已经交稿。不料出版社尚未编辑,"文革"发生,造反派一胡闹,书稿找不到了。"文革"结束后,傅先生只好另起炉灶,重新编写,人手不够,我就被拉拢进去帮忙了。

从北京火车站到王府井大街路途不远，走路就可以了。不久的工夫到了王府井大街路口，突然眼睛大亮，在路口显眼的地方，有一个很亲切的招牌：福建饭店。这真是他乡遇故知，又恰巧我的肚子饿得不得了。看来首先要进去的地方，还不是中华书局，而是这间"福建饭店"了。

走进饭店，依旧是人满为患。那就排队吧，排了半个多小时，轮到我了。我想，这几天出门奔波，有一顿没一顿，这下到了目的地，既然有家乡福建的饭店，可以美美吃上一碗家乡的饭菜了。一问有没有福建常见的炒米粉，回答是没有听说过，本店只供应饺子和面条。好吧，来两碗饺子。过了一会，饺子端上来，量倒是不少，可惜皮厚馅少，有的饺子甚至连馅都找不着，说它是面疙瘩还更为贴切。一方面是肚子实在太饿，另一方面农民出身的我不应该浪费粮食，就这样，两碗类似面疙瘩的饺子被我吃进了肚子。本来饺子这种食品，经报刊、广播的宣传，在我这个南方人心里，还是包含着许多神圣感，总感觉它是北方最好的美食，至少是最好的美食之一。但是经过我的这第一次的品尝之后，饺子在我的心目中，形象大为跌落，一直到现今为止，我也还没有感受到真正美味的北方饺子是什么样子的。而那间挂着家乡招牌的"福建饭店"，后来因为王府井街道改造，现在也不知道到哪里去了，消失得无影无踪。

饺子虽然不好吃，但是总算解决了肚子饿的问题。中华书局跟这里是同一条街，很快就找到了。进了中华书局，里面的同志很热情，听说我是来交书稿的，马上就把我带到一位女编辑那边。女编辑知道这部书的缘由，立即接受登记。不一会，书稿的交接手续办妥，我这次到中华书局的任务算是圆满完成。

由于中华书局同志的热情接待，这几天来第一次感受到宾至如归的感觉。突然说交接任务完成,可以走了,我的心情一下子沉重起来:走出大门,我将往何处栖身?晚饭和住宿一点着落都没有,前途顿时灰暗起来。这真应了李清照的那首《一剪梅》里的词句:"此情无计可消除,才下眉头,却上心头。"

中华书局这位女编辑十分细心,她觉察到我的心情变化,问我晚上有住的地方没有,如果没有,中华书局专门为来京作者准备了两个床位,我可以去总务科登记。这真是天大的好消息,对我而言,这一消息的重要性简直可以跟打倒"四人帮"的喜讯相媲美。女编辑带我到总务科,总务科的同志帮我登记了需要的手续,又给我一份他们制作的行路图和入住证明。他们还嘱咐我到对面公交站坐多少路公交车,又转多少路,再向街坊打听打听。如果实在找不到,他们还给我留下电话号码,可以打电话联系。

我千感谢万感谢地走出中华书局,直奔中华书局的临时招待所。招待所的地址在天桥,几番周折过后,很快就到了。下车之后根据地图上的门牌号码,无需问人就找到了。找是找到了,还是让我吃惊不小。原来这所谓的中华书局招待所,其实就是一般的民居住户。中华书局为了接待外地作者,让外地作者不致露宿街头,跟内部职工商量,在住房稍微宽裕的家里腾出两个床位。

接待我的是一位和蔼可亲的大娘,她把我带进房间,很小,但是与露宿天津火车站广场相比,美美睡上一觉绝对没有问题。不一会儿,大娘提着两个热水保温壶进来,请我到厕所洗澡。这两个保温壶之大,是我从来没有见过的,至今也没有再见过。有了这两个硕大保温壶里的热水,我把这几天来的委屈困顿连同灰尘一下子就冲刷干净了。到了吃饭的时光,大娘敲门进来招呼。我十分诧异,连吃饭都准备好

▷ 八十年代初在北京卧佛寺与史学前辈们的合影

了？出来一看，在一个相当狭窄的转角空间里，摆着一个小方桌，家里连同大娘、儿子、儿媳、两个孙子小朋友和我，一共六人。他们已经帮我盛好米饭，又夹了菜。可能是怕我见生，大人们争着同我聊天。东家的热情我是感受到了，可惜我自己不争气，身为福建人普通话讲得实在差劲。弄得他们多数听不懂，只好以笑声对付。吃完一餐晚饭，笑声充满了房间。

第二天，我要辞行去参加会议，大娘把我送到公交车站。我道别之后，头也不敢回，钻进公交车内发呆了好一会儿。随着改革开放的不断进步，九十年代以来，各地的酒店饭馆越盖越漂亮豪华，我也常常托党和政府的洪福，住过一些所谓的五星级酒店。但是这些豪华的酒店在我眼里，都没有1982年我所住过的中华书局这间奇特的招待所那么令人舒畅，那么富有人情味。

我不知道现在中华书局的衮衮诸公诸婆们，还有没有人记得贵社曾经在天桥有过这么一间令人回忆的招待所？去年我到北京出差的时候，中间有宽余的时间，重游了天桥一带。北京这数十年来变化太大了，许多地方恐怕连老北京人也未必认得清楚。可是现在的天桥,可能是政府的有意保护吧?依旧是老样子,甚至更加破烂了。这里最大的变化,是走不了几步就有吃饭的地方。原先住过的中华书局招待所已经找不到,为了怀旧,我特意在附近的小饭铺里要了一碗饺子。饺子的肉馅满满,味道也不错,但是我希望寻找的温情,却始终未能找到。

  北京的事情完成之后,准备回厦门。那时主办会议的单位,基本上要负责购买参会者的返程车票,虽然买不到卧铺票,座位票还是有保障的。因此到了西客站,很顺利地上了车,找到了自己的座位。原先作为小凳子的论文纸包已经在会上散发,回程也不需要它了。火车开动了,我望着窗外,欣赏着京津一带沿途的美景,心情跟来时很不一样。可是突然间,我的心情又突然沉重了起来。在北京我睡了几天安稳觉,晚上到了上海,又要睡在哪里,难道又要流浪街头广场?这个问题一上来,几天来还不容易培植起来的好心情,全都没有了。心想实在不行,就干脆在上海街上瞎逛。上海以前未曾来过,瞎逛一个晚上,如果运气不错的话,说不定还可以买到什么价廉物美的上海货。如此回学校之后,大可以向同事们炫耀一通。其时的上海货,是我们这一带大家争相向往的好东西,如果脚下能够穿上一双上海制造的牛头牌皮鞋,那招惹起女朋友,就显得底气十足。要是再有上海大白兔奶糖,那跟女朋友厮磨起来,就显得无上甜蜜了。

  主意已定,心情有所好转。列车快到上海,突然又传来好消息。列车员同志拿来登记表,说考虑到上海的住宿不易,列车上增加了特别的服务,已经帮大家联系到宾馆,如果想入住的旅客,现在马上登记,火车到站后,有宾馆的同志用大车接旅客直接到宾馆入住。如此好事!感激着列车的同志细心为旅客服务,我当即报名登记。心想这下可以高枕无忧,在上海度过一个夜晚,明天从上海出发,后天就可以回到厦门与家人团聚了。

火车到了上海站,出站之后果然有人打着招牌,写着某某宾馆请上车的字样。我随着一班旅客上了他们的车,原来是一辆大货车。我也不以为怪,那时的专用客车本来就少,有这样的大货车就可以想象人家的用心良苦。可是车开着开着,心情又沉重起来。车开了半个多小时,还没有到达宾馆。问问举牌的女同志,装聋作哑,顾左右而言他,不得要领。大约又过了一个小时,举牌的女同志说到了,请大家下车入住。我下车四处张望,没有看到有什么宾馆。举牌的女同志告诉我们,这是前些年备战备荒时挖的防空洞,如今改革开放,仗估计一时半会儿打不起来,领导们灵机一动,决定把防空洞变成宾馆,既可以闲物利用,又可以方便南来北往的出门人,可谓一举多得。听了举牌女同志的解释,我也感到十分在理,远就远一些,总归是有地方住,不致流落街头瞎逛了。

在服务员的导引之下,我在深入地下数百米的地方找到了我的床位。这样的住宿条件我倒不在意,因为我小时候住的房子,经常是外面下大雨里面下中雨,与那个时候的住宿条件相比,这里已经好了许多。坐了一天的车很累了,赶紧睡吧。刚刚入睡不久,就被斥责声惊醒。原来那个时候"盲流"乍起,负责地方治安的人士特别警觉、特别负责任,需要对旅客逐一审查。我赶紧把工作证和学校开具的出差证明拿给他们看。不出示这两份证件可能事情还简单一点,有了这两份证件,负责地方治安的同志对我的身份产生了怀疑。因为那个时候大学助教还是稀罕物,他们认定著名大学里的助教不应该到这种"盲流"才能厮混的地方来住宿,经过缜密的推理,我的身份和证件极为可能是假的。我只能耐心做解释工作,最后干脆把上海复旦大学历史系里面的教授名字报出几位。他们狐疑了半天，姑且相信了。

可是事情还没有完，其时还没有建立什么"联防机制"，警惕性高的负责地方治安的同志不止这几位。前面的同志走了之后，刚睡好，又来了几位。各位都怠慢不起，只能再把证件出示并细心解释。再过一会，又来了一拨，最后连居委会的大妈们也戴着红袖套来问询。经过几番折腾，整个夜晚就在这一会儿清醒一会儿迷糊之中度过了。

说到怀疑身份的事情，我在日本也遇到一回。1999年我应日本文部省学术振兴会的邀请，到日本大阪大学作一年的访问学者。根据学术振兴会的规定，我此次到日本是可以带家属的，考虑到太太和孩子从未出过国，就顺便一道办理了去日本一年的签证。但是太太家里有老人需要照顾，小孩正在上高中，面临高考的压力，所以他们没有同我一起动身，准备等到暑假时，他们再到日本和我相聚并且度假。到了暑假他们来临时，我到关西机场去接他们。没有想到他们被日本海关请进"相谈室"审问，怀疑他们的护照、签证等有问题。

原来是这段时间福建人在日本海关官员眼里不太光彩，大概是祖先"优秀"传统的缘故吧，福建人特别擅长于偷渡和制造假证件，日本海关发现之后，当然对福建来的人特别小心关照。按照常理推断，福建人敢冒被抓的风险而千方百计地来日本，而今天碰到这两位，明明是可以待一年的，怎么只待一个多月就要回国。再说，签证下来快半年了，这两位都迟迟不来，实在太不合常理了。因此警惕的日本海关人员，把他们二位请进了"相谈室"里格外审问。

太太和小孩都不会日语，海关人员也忙得满头大汗。日语不通，他们试着讲讲英语。万无料到的是，我的小孩面临高考，英语讲得比他们还流利。据说日本国民对于会讲英语的人比较尊敬，一听到我小孩竟然还有这本事,顿时所有的误会都冰释了。海关人员连声道歉,帮着提行李把太太和小孩送出门口。日本海关人员以办事严谨著称,这次乱了套,居然也会出错。我平日里喜欢吃荔枝,这个季节正是福建荔枝丰收的时候,太太没有出过国,不了解进出口的相关规定,买了一筐荔枝带来准备给我吃。众所周知,荔枝这样的鲜活植物,世界上大部分海关都是禁止进口的。这次日本海关人员乱了这头,忘了那头,太太提着荔枝在海关人员的护送之下顺利出关,进了大阪大学。荔枝是种时令果物,很容易烂掉,这么一筐荔枝,第二天我赶紧分出一半送到研究室给大家分享。日本的朋友们大吃一惊,以为我发了大财,因为日本的荔枝是很贵的。贵才好,越贵越显得我人情深厚!

话聊歪了,还是回到上海吧。第二天起床之后,必须赶回火车站。但是根据延续到今天的"光荣传统",商家一般都是迎客殷勤,送客装聋作哑、概不负责。我只好一路辗转公交车,折腾了近两个小时,才赶到火车站,总算赶上了火车。可是答应给家里和同事捎带上海货的承诺,一件也没有完成。回到家之后,太太倒没有说什么。我的那些狐朋狗友似的同事就没有那么好说话了,百般挖苦取笑,害得我至少有半年时间,在他们面前自惭形秽,矮了三寸,抬不起头来。

田野札记：怪力乱神

我这人好犯糊涂。比如说从事田野调查工作，我看人家都是信心满满，满载而归；回到家后，摩拳擦掌，准备大展宏图。唯独是我，田野回来，经常被弄得一头雾水，越想越不明白。既然想不明白，索性利用当前疫情期间不知所适的有闲时光里，把它写出来，以求教于博物君子。

（一）王爷船与小朋友

苏东坡的名句是大家所熟悉的："人有悲欢离合，月有阴晴圆缺，此事古难全。"再往深处想一想，不仅人间如此，恐怕连鬼神界也难逃此运数吧？比如说我们福建沿海各地所流行祭拜的"王爷"吧，在我年轻的时候，党和政府强调唯物主义，大力破除迷信，这班"王爷"可是倒了大霉。不少地方的"王爷"庙都被拆除，"王爷"金身被任意丢弃，状况十分可怜。谁曾料到，到了最近几年，"王爷"突然又吃香起来，不但"王爷"庙次第恢复、金身重塑，而且有关"王爷"的各种祭典，也都重新兴盛起来。政府也顺从舆情，十分重视，送"王爷船"之类的祭典活动，被抬举到"非物质文化遗产"的高度，备受呵护。我想这下"王爷"们时来运转，总该抖一抖，高兴高兴了吧？

回到二十世纪八十年代我从事田野调查工作的年头。党和政府虽然大力破除迷信，但是民间似乎还是有不少人转不过弯来，私下里举办迎送"王爷船"之类的迷信活动。这种情况，对于我们这些唯恐天下不乱的田野调查工作者来说，显然是一个不可多得的好题材。于是竖起耳朵、私下转悠，哪里有迎送"王爷船"就往那里跑。一日，到了沿海一个姓洪的家族村落，这里竟然静悄悄，没有丝毫动静，跟邻近乡村烟火缭绕、爆竹连天的情景完全不同。这就令我更加好奇，心想好不容易终于找到一处肯听党和政府的话、不搞封建迷信的好去处了。赶紧跑过去访谈，或许可以写成一篇破除封建迷信的报道在报章上发表，赚些稿费补贴家用。那个时候似我这种刚刚毕业不久的年轻教师，穷得响丁当，收到些微稿费也算是发了一笔小财。

访谈的结果有些出乎预料。这个姓洪的家族之所以没有举办迎送"王爷船"的祭典活动，既是听党的话，又好像并不完全是。年龄稍大一些的洪姓村民异口同声说，他们村里家族之所以从不举办迎送"王爷船"的祭典活动，是有历史缘故的。早在明代嘉靖年间之前，他们也是十分敬畏"王爷"的。据说"王爷"们的脾气都不太好，稍有不敬，就有可能给村落带来瘟疫死亡一类的灾祸。所以大家都要小心侍候祭拜，哄得"王爷"老人家开心，"王爷"老人家吃饱喝足开心之后，就要乘坐"王爷船"出海回仙山了。每当这个时候，大家总算松了一口气，"王爷"走了，瘟疫死亡之类的事情也带走了。正因为这样，民间对于"送王爷船"的仪式特别重视，所费不赀，在所不辞。

大概是在嘉靖皇帝爷登基前后的日子里，"王爷"又要莅临洪姓村落以及相邻的乡村，这让沿海这一带的村民们大为恐慌。"王爷"莅临之后，后果果然相当严重，这年因为瘟疫的到来死了不少人。但是奇怪的是，整个洪姓家族村落数千人众，居然没有一个染病死亡的。这又让洪姓家族的人大为诧异，通过诸多渠道，访神问卜，寻找缘由。终于有高明的乩童告知：这一次"王爷"们是准备光临洪家村的，可是"王爷船"快靠岸的时候，船前瞭望的"王爷"跟班大呼小叫起来："快停船，快停船！""王爷"们赶紧出来了解究竟，发现在前面村落的海滩上，有几位小朋友在玩耍，其中一位小朋友，今后是要有大出息的。根据阴间的律条，鬼神出游，遇到今后有大出息的小朋友，是必须回避绕道的。"王爷"们虽然脾气不太好，但是事关律条，他们也只好隐忍回避，把"王爷船"开到别的地方去发泄怒火了。这样，这个洪姓家族村落，躲过了这一劫难。大家庆幸之余又好奇起来，这班小朋友里，到底是哪位这么有大出息？

过了约二十年，到了嘉靖二十年（1541），这个洪姓家族村落果然有一位族人洪朝选中了进士，后来官也做得不小，官至右副都御史、刑部侍郎。他后来因为与首辅张居正对着干，冤死狱中，声名鹊起，据说死后因为为人刚正不阿而被分配到四川某地当起城隍老爷来了。而在当年"王爷船"莅临洪姓村落时，海滩上玩耍的那几位小朋友中，恰恰就有洪朝选。看来，"王爷"回避的对象，就是这位洪朝选无疑了。

由于这样的缘故，此后这个洪姓家族村落的腰板和底气就硬了起来——别人都怕"王爷"，我们有洪朝选庇护，就是不怕你"王爷"，"王爷"你能把我怎么着？腰板和底气一直硬到现在，"王爷"们似乎也拿他们没有什么办法。更何况现在还有党给他们撑腰，谁怕谁噢！

"王爷船"和洪朝选小朋友的这个故事，使我想起了民间一句不甚雅驯的谚语"欺老不欺小"。人一老，一切都基本定型，而小朋友则很难说，弄不好日后发大财、做大官，甚至当皇帝，皆有可能。明代的开国皇帝"臭头"朱元璋，以他少年时期的落魄景况，谁又会想到他日后能够当上皇帝！

说到这里，我又想起朱元璋坐上皇帝龙椅之后的一件事情。朱元璋当皇帝的时候，首都设在南京城里。相传京城的官署某地，很不安宁，经常有冤鬼出没。官署里的官员衙役们，又是请道士、和尚作法，又是挂桃剑、贴符篆，均不见效果。这位冤鬼看来是位厉鬼，鬼（道）行很高，依然我行我素，毫不忌惮。正在这个时候，有位见多识广的高明官员，想出了高招：根据阴间鬼神必须回避小朋友的律条，何不在这闹鬼的地方，把国子监衙门搬过来，重新建盖在这里，镇鬼的功能一定显著。想必再厉害的冤鬼，在孔圣人领导下的小朋友、大朋友面前，也不得不搬走吧？搬迁国子监即朝廷的最高学府可不是小事，一定是要经过朱元璋亲自批准的。看来朱元璋对这位厉鬼也是没有好的招数，于是爽快地批准了在闹鬼的地方建造国子监的动议。自从国子监建造好之后，学生们一拨一拨地在这里上课清修，这些国子监里读书的学生们，日后必定是有人要当大官，有大前程的。果不其然，那位厉鬼一看大事不好，犯不着干天条，知难而退，再也不敢到这里来闹事，走得无影无踪了。关于这个故事，台湾大学的名教授徐泓先生还专门发表过研究论文，令人敬佩。

我突然想到，今后如果遇到什么怪力乱神的事情，是否可以考虑请幼儿园的小朋友们出来主持大局？

(二)妈祖娘娘和歪嘴先生走错门

田野调查到了另外的一个村庄,村庄里有一座庙宇,庙宇里的神像不少,尊贵者有东岳大帝,每天都很忙的有都天荡魔监雷御史张圣法主真君等等。里面还供奉一尊神像,问了好多村老,都不知道是何来历,因为这尊神像的嘴巴有点残缺,大家就称他为"歪嘴先生"。

这很让我好奇,大家敬拜了这么多年,竟然不知道这尊神像的尊名大姓是什么,反而给他取了个"歪嘴先生"的外号,这未免太不恭敬了,万一"歪嘴先生"生气起来,布下一些不祥的招数来,大家恐怕就要吃不了兜着走了。

于是,我继续深入调查访谈,终于在几位年纪更大的老先生那边弄出了一些头绪。原来这位"歪嘴先生"本不是这座庙宇里的神像,是邻村庙里的神像。旧时,这两个村庄每年定时都要发生一次械斗,械斗成了一种仪式性的必定经历。每次械斗时,不仅全村男丁必须全部出动,庙里的神像也得抬出去助阵。在双方激烈混战过程中,人员受伤是题中之义,而抬出来的神像,也不免会在战阵中遭受损坏。"歪嘴先生"的歪嘴,就是在某次混战中造成的。更为严重的是,双方打得昏天黑地,竟然把各自的神像都抢错了,对方的"歪嘴先生"被抢到这个村落来,而这个村落的妈祖娘娘神像则被抢到对方的村落中。

神像是不好随便怠慢的,"请神容易送神难"。双方抢错了各自的神像,怎么办?扔掉或者烧掉是肯定不行的。为今之策,只好把他们安置在自己村落的庙宇之中。刚刚经过阴阳交战争夺不已,打得不可开交,忽然要放在一起排排坐,和谐相处,行不行?看来神明们还是比较大度,相互交战的神明双方摆在一起之后,他们是如何沟通商讨的，我们当然是无从知晓，但是从此以后，这两位"歪嘴先生"和妈祖娘娘，都大大方方地在对方的庙宇里安居乐业、执行神明的职责了。

"歪嘴先生"和妈祖娘娘虽然都在别村新的工作岗位上安享血食，但是他们似乎并没有忘记自己原本的子民。有一次，村里某一房头的夫妻二人口角打了一场架，妻子气愤不过，跑回娘家投诉。刚好她的娘家是以往经常械斗的村子，新仇旧恨，还得在战场上见高低。不过夫妻吵闹打架，还用不着过于兴师动众，没有必要挑起全村的战役，各自的房头各自解决也就是了。于是，妻子的房头向丈夫的房头正式发出约架的战书，明日午时三刻，在两村之间的空地里见分晓。战书虽然写得轻松，但是真的飞舞起干戈来，总不是闹着玩的，双方房头的各色人众在头天晚上，磨刀霍霍，出谋划策，争取明天打个胜仗，为各自的"夫"或"妻"出口恶气。

神明毕竟是神明，这件事情很快就被"歪嘴先生"和妈祖娘娘知道了。妈祖娘娘非常生气，不知道通过什么渠道正告妻子娘家的房头：明天如果你们去打我娘家的人，我就自毁金身，死给你们看！妻子娘家的房头亲友们一听这一架势，也都慌了神，赶忙把明天准备干仗的家伙收起来，焚香祷告：明天绝不敢去跟神明娘家的人打架。一场生死未卜的械斗，就这样在妈祖娘娘的劝阻之下，平息于无形之中。

丈夫一方房头的战士们，虽然勇气可嘉，但是战斗未临，胜败仍在难卜之间，枕戈待旦，整个晚上也是无法安睡。一直紧张到午时三刻，毫无动静，大家松了一口气，但也不知道是怎么回事。过两天，跑回娘家投诉的妻子也悻悻地回来了，这才知道原来是妈祖娘娘从中调解的结果。这样一来，大家无不对于自己娘家的妈祖娘娘感恩戴德。消息传至全村，从此全村对于妈祖娘娘的尊称改了口：姑妈！那位折回丈夫家的勇于打架的妻子，也特别会生孩子起来，听说一连生了七八个小孩出来还兴犹未尽。根据这一带的风俗，清明时节，每村各姓除了野外扫墓之外，还要在祠堂中祭拜祖先。经过此次有惊无险的事件之后，夫家的这个房头感戴姑妈的恩德，又形成了一个新的风俗：每年清明时节，不在祠堂祭拜祖先。这个风俗，延续至今犹然。而两村从此以后也太平了许多，一般的纠纷争吵，尽可能采用协商的办法，不敢随意发脾气，轻启战端。大家普遍意识到，得罪了妈祖娘娘可不是闹着玩的！神明的功德，还真的是润物细无声。

　　自从村里人把妈祖娘娘改称为"姑妈"之后，人与神的关系性质就有了新的突破。因为"姑妈"是血脉关系的称谓，根据民间姑表亲的关系往来，嫁出去的"姑姑""姑妈"每年是必须回娘家的。这位"姑妈"神明，同样也不能免俗，每年增加了一次回娘家的祭祀典礼。而那位"歪嘴先生"就没有这样的待遇了，只好乖乖地待在别村庙宇的神龛里，真正"忝为末席"了。

　　托党和政府的英明领导，1949年之后，无论是村与村之间的实质性械斗，还是仪式性械斗，完全被消除了，村民之间的相互关系也比以往融洽许多。"姑妈"回娘家的亲缘关系更加和谐。一时生不出孩子的夫妻，往往要跑到"姑妈"那边去求助；而身怀六甲的准妈妈们，又纠结于"弄璋"还是"弄瓦"，也是要到"姑妈"那边去问个究竟的。至于这位"歪嘴先生"，原村的人们也开始怀念起来，提议将当年神像被抢的日子作为"歪嘴先生"回村探视的日子。由于双方沟通顺畅，知无不言，我因此知道了这位"歪嘴先生"，原来是位"药王爷"。但是究竟是哪位"药王爷"，至今还是不清楚。如果回村探视的动议得以实践的话，这位"歪嘴先生药王爷"，总该扬眉吐气了吧？

（三）神像与六合彩

"请神容易送神难"，这大概可以成为共识了吧？随着改革开放的深入发展，香港的"六合彩"也乘着改革开放的春风，偷偷溜了进来。这让一班赌徒们大为兴奋，准备大展宏图以成就一番事业。

"六合彩"虽然令人兴奋，但是真要中彩，倒也不是那么容易的事情，这就使得不少赌徒捉鸡不成反而蚀了不少米。赌徒们依靠自家的运气不能成功，就想到借助神明的力量来搏一搏。赌徒们祈求神明是经过一番认真考量的，诸如观音菩萨、三清道尊、关公老爷一类的神明，求也是白求，因为这些神明一是神格崇高，二是严正清明，无暇也不愿去管赌徒们这种鸡鸣狗盗下三滥的事情。因此赌徒们祈求的神明对象，只能是那些凶神恶煞一类的神明跟班皂隶人物。赌徒们心想，这些跟班皂隶，或许可以贿赂得逞吧？于是，赌徒们每当要下注之前，就要准备祭品香烛等，到跟班皂隶的神像前虔诚祷告，祷告完毕之后，躺在神像的脚下睡觉。睡醒起来，依稀记起睡梦中神明指示什么数字，这些数字可能就是即将开盘的六合彩数字了。此时按此下注，但愿定然不差。

一日，有位赌徒在某凶神恶煞的神像脚下睡觉醒来，觉得睡梦中神明所指示的数字格外清晰，心想这次稳妥了，赶快变卖破产、告借高利贷，狠狠投上一笔，妄图一举中彩，从此发家致富，没想到还是血本无归。赌徒走投无路，顿时无名火起，指责这位凶神恶煞的神像收受贿赂不予办事，言而无信，便把这尊神像扔进粪坑。

这一带农家的粪坑，除了予人方便的功能之外，还有沤肥的功能，因此粪坑的规模特别大，神像扔进去之后，真是没顶之灾。赌徒气愤难平，扬长而去，倒也没有看到有什么不良的后续，只是难倒了村里的耆老们。神像浸泡在粪坑里面，这是万万不可的。可是需要怎么善后处理呢？

第一步，耆老们雇请人工下粪坑把神像捞上来，冲洗干净，晾干披上红布，烧香敬烛以示道歉。但是光这样是远远不够的，把神像搬回到原来的位置供奉，在粪坑里浸泡的神像不免透心臭，更何况保不住粪坑里面参杂有女同志的粪便，这就尤为不允许了。若是把这尊神像烧掉，重新做一尊，如果遇到恋旧、敝帚自珍的神明，也是不妥。怎么办？

耆老们经过反复研讨，并且咨询了一些行内的专家，最后得出共识，神明的事情应该由神明来决定。至于神明如何自己决定，办法还是有的。一是问乩童，乩童边跳神边指示。但是这种办法过于张扬，神明被人扔进粪坑，本来就没有面子，再如此张扬一通，众人皆知，就更加没有面子了。所以这种方案只能备选，不可仓促行事。另外一种办法就隐秘简便得多，就是直接在神像面前祷告掷筊杯。筊杯者，在闽南一带的庙宇里，差不多都有这种神器，即用木料或竹片做成十几厘米大小、中间呈凹形的两片物件。问神明时，先祷告说明缘由，接着把这对筊杯扔到地上，如果凹形一个在上，一个在下，表示神明同意所求；如果两个凹形都在上，或两个凹形都在下，表示神明不同意所求。有了这种问神神器，事情就很简单了。

村里的耆老们先沐浴素斋数日，然后齐聚庙中，提出三种处理方案，请神明决断：其一，把原神像洗刷干净奉回原处供奉；其二，把原神像重新髹漆刷金粉，奉回原处供奉；其三，把原神像焚烧羽化，重新雕塑金身。掷筊杯的结果是，神明采纳了第三种方案。

看来神明们也是喜新厌旧、追求时尚漂亮。神像重塑完成之后，村里照例要举行开光典礼,道士作法,鞭炮齐鸣,好不热闹,村里的耆老们有了非凡的成就感自不待言,就连那班赌徒们也暗自庆幸。本来时一时冲动,污毁了神像,事后赌徒们也颇感后悔,今后再拼六合彩,到哪里去问神明?如今神明回归,这就有了依靠,下回再去赌博的话,一定是无往而不胜的。孔圣人曾经说过"三人行,必有我师",要论起个人的乐观主义精神,在这世上,谁还比得过赌徒们?这一点,我们还是应该好好向人家学习的。

(四)保生大帝究竟叫什么名字?

保生大帝是闽南一带著名的民间信仰神明,又称"慈济真人",生前以善于义诊赐药而被上苍册封为神明,在福建、台湾以至东南亚地区都有不少香火。我本对保生大帝没有任何研究,不料近来却遭遇了无妄之灾。

由于保生大帝有众多的信徒,地方政府弘扬优秀传统文化,每年都要举办"保生大帝文化旅游节"一类的纪念活动。去年某日,政协方面有人打电话给我,说请我参加盛会,并且希望我在会上代表专家学者们发个言。我想这是好事,慨然应允。但是发言之事,我素无研究,不知从何谈起?政协的同志告诉我发言稿由他们代为撰写,届时我上去念一下就行。我想政府人员写的稿子,断不会有什么反党反社会主义的忌讳文字吧?更何况会后还有佳肴享用,就答应得更加响亮干脆了。

盛会这一天,我如约前往参加。轮到我发言时,我打开别人准备好的稿子,一字不漏地照本宣科下来。宣科完了之后,才知道稿子的内容大致是讲，经过专家学者们的深入研究，以往人们称呼保生大帝的尊讳为"吴夲"（夲读成"滔"音），这是不对的，应该读成"吴本"。今后大家都应该称呼保生大帝为"吴本"，云云。会议的主办者十分上心，除了现场请电视台等媒体直播宣传之外，还跟"百度""腾讯"等网络平台联系，改正以往的错误，大家统一口径，尊称"吴本"，以正视听。

稿子读完之后，我也不在意。在我看来，保生大帝的尊讳是什么其实不重要，为了尊敬起见，我们平常称呼这位神明，还是应该称之为"保生大帝"或"慈济真人"等等的神号才比较合适、有礼貌。直呼其名，这在中国优秀传统文化的社交礼仪中，即使是对一般读书人或者士大夫，以及稍有社会地位的人士，都是不妥的，何况是神！所以会议结束，东道主盛情招待午宴，我也享用得特别开心。

不料过了几天，事情就麻烦了，许多人通过不同的渠道，包括我的个人微信、短信等，向我提出严正和愤怒的抗议。有些人甚至很有礼貌地告诫我：神明的名字怎么能够随便更改？神明发怒，是会有报应的！本来这件事跟我没有什么关系，我对保生大帝的神迹、神灵也不太清楚，参加会议完全出于朋友的招呼和对政府事业的尊重，却万万没有想到，反对把保生大帝尊讳称之为"吴本"的道友们，不把怨气撒到政府、政协的头上，而是一股脑地向我身上抛撒，真是冤如六月雪，百口莫辩，也没有地方可辩！

得罪了道友们，他们的抗议、诅咒是一回事，可以说是"明枪"。其实我更担心另外一回事，即"暗箭"。"暗箭"何来？道友们不是已经警告过我了吗？是担心开罪于保生大帝这样的赫赫神明，如果他老人家肚量和脾气都不太好，那就吃不消了。也许真的是如此，自从被道友们抗议之后,我的心情一直相当郁闷,愉快不起来。再加上时令也不对,"新冠"疫情反反复复,迄今还看不到云开日出的景象,心情就更加沉重。心里因而会冒出这样奇怪而不经的念头:是不是保生大帝记仇了,这还了得?

今年开春,家乡泉港的朋友约我回老家散散心,并且小聚喝上几杯。在酒座上,朋友们看我闷闷不乐、心不在焉的样子,极力劝解,我也就把这心中块垒如实告诉大家。不料朋友们听到之后,反而哈哈大笑,说我无事愁!他们说,亏你还经常往乡下跑,做什么"田野调查",还写了什么论著!难道你不知道闽南民间的风俗,人间不便去管神明的事情,神明的事情应该由神明自己决定。凡是涉及神明的事情,比如要建造神明寺庙,位置何处、开工时日、大门朝向、摆设顺序等等,都是要先禀明掷筊杯,由神明自己决定,大家遵照执行就是了。保生大帝尊讳究竟是吴夲(读"滔"),还是吴夲(读"本"),不是不可以质疑和研究,但是孰错孰正确,要掷筊杯请保生大帝自己决定,这样才能万无一失!你要是不相信的话,附近就有一座供奉保生大帝的庙宇,我们不妨去那里祷告祷告,请保生大帝明示是非。

道友们的指责,大概随着时间的推移,总会逐渐消失的,而得罪神明,据民间观点,那就非同小可了。第二天,朋友们仗义陪同我前往保生大帝的庙宇,焚香祷告之后,掷了筊杯。先问尊讳是否吴夲(读"滔"),居然三筊杯皆准;再问尊讳是否读成"吴本",第一次筊杯不准,后面二次筊杯允准。庙宇里主持的先生解读云:保生大帝的尊讳应该是吴夲(读"滔"),但是大家要读成"吴本",也无不可,二者皆允准。

其实,对于受到什么保生大帝惩罚报应的事情,我一直就不相信,因此也就不以为意。我之所以愿意同朋友们一道到保生大帝尊前掷筊杯，一方面是感受朋友们的好意，另一方面也希望体验一下民间流传近千年的风尚习俗，以便从不同的视野来验证田野调查工作的学术意义。从保生大帝庙宇掷完筊杯走出来之后，我的感受是，神明毕竟是神明，完全不似民间我等的鸡肠小肚，无事找事、自寻烦恼。这大概就是民间信仰的神明们长期受到人们崇拜的一种永久的精神力量吧！

谈到保生大帝，又想起了另外一件保生大帝与妈祖娘娘的事情。福建民间流传一个甚为不经的神明故事，说的是保生大帝难耐寂寞，突发奇想，想娶妈祖娘娘作为太太。妈祖娘娘当然不能答应，于是两位神仙抬起杠来。每年妈祖娘娘过生日的日子，姑娘家家爱漂亮，总是要精心打扮一番。保生大帝就借机布下春雨，用雨滴把妈祖娘娘的粉妆冲刷得一道一道的，希望由此令妈祖娘娘难堪。妈祖娘娘咽不下这口气，于是在保生大帝的诞辰日刮起大风。因为保生大帝是光头，平日里戴上冠冕，显得庄严。大风一刮，很有可能把保生大帝的冠冕吹落，露出光头，也算是出丑，报了一箭之仇。

这个故事听起来还是蛮有意思的。但是奇怪的是，在福建沿海地区，保生大帝的诞辰日农历三月十五日，经常是刮风的日子；而妈祖娘娘的诞辰日三月二十三日，也往往会下雨。农历三月，是春雨绵绵的时节，在这些日子里刮风和下雨，概率比较高。但是经过长年的传说积淀，福建沿海民间把这种传说演化作为预测天气的谚语，从而服务于农耕插莳。保生大帝和妈祖娘娘的这一传说，也许正是端正之神的神通造化吧。但是从另一个侧面来思考，中国民间素有一种喜欢为人作媒拉纤的特别嗜好。比如"文革"期间，四人帮之一的王洪文，是其中最年轻的。不少人担心他的婚姻问题，热衷于为他拉郎配，议论某某京剧演员合适，某某芭蕾舞演员合适。这种嗜好，污人清白，总不是好事吧？对于保生大帝和妈祖娘娘的婚配传说，大致也是如此不经，万万不足为训。

（五）偷白鸡的蔡襄

谈到掷筊杯，不由人不想起蔡襄"偷鸡"的故事。

蔡襄是历史上响当当的大名人，我们搜索"百度"中的"蔡襄"词条，就会看到四顶大帽子，即北宋名臣、书法家、文学家、茶学家。照此类推，蔡襄写过著名的《荔枝谱》，被今人称之为"世界上第一部果树分类学著作"，那么再称蔡襄为"水果学家"，应该没有问题吧？蔡襄主持建造过"洛阳桥"，是新中国成立之后第一批被授予国家级文物保护单位称号的文化遗产，我们再称蔡襄为"建筑学家"，应该也是当之无愧吧！正因为如此，如今在蔡襄的老家仙游县枫亭镇的大路口，当地民众和政府特意建造了一座华丽的石门，上面显著镌刻着"蔡襄故里"四个大字，以光耀乡里。从这众多的光环之中，我们大体都可以领略到蔡襄的刚正廉明、博学多才、好学不倦的饱满形象吧？

不过我在这一带从事田野调查的时候，却听到另外一个故事。蔡襄小的时候，为了让蔡襄专心读书，他母亲特地把他送到莲花山上一座偏僻的寺庙里去静修。可是小时候的蔡襄似乎并不是一位好学生，贪玩顽皮，不甚守规矩，有时还会弄出一些稍稍出格的事情来。终于有一天，惹出麻烦事了。

寺里的和尚养了一只白鸡，某日突然不见了。和尚四下寻找没有着落，寺庙中往来的人众不多，长住的只有蔡襄一人。蔡襄家境贫寒，平日里又顽皮,和尚便怀疑这只白鸡是蔡襄偷去烹煮食用了,对他严厉斥责并要求赔偿。蔡襄虽然平日里顽皮,但是这只白鸡委实不是蔡襄偷走的。二人争执不下,又无旁证,只好求助于佛祖了。

二人跪拜在佛祖面前,请求公判。和尚拿来两只瓷碗作为筊杯,祷告佛祖说,如果这只白鸡是蔡襄偷的,这两只瓷碗掷到地上的石板上不碎。和尚的这种祷告词,还是比较厚道的,瓷碗掷到石板上是十有八九要碎的,他不想让蔡襄太难堪。万万没有想到的是,这对瓷碗连掷三次,居然丝毫无损,这也就是说,佛祖一口咬定这只白鸡是蔡襄偷走无疑!

这真是天大的冤枉,佛祖都这么不公,连辩白的机会都没有,这里是无论如何也待不下去了。蔡襄含冤离去,心想为了证明自己的清白,唯一的办法就是发愤读书,争取功名,才能洗刷旧冤恨。从此之后,蔡襄仿佛变成了另外一个人,以往的贪玩顽皮不经行为全不见了,所有的时间全用于刻苦读书,终于功成名就,成为一代贤臣名人。

蔡襄出任泉州太守的时候,特地重游当年掷筊杯的地方,昔日的怨愤随着时光的转移逐渐淡去,他突然意识到,佛祖的"不公",不正是惩戒他小时候没有爱惜光阴不好好读书的一种激励行为吗?如果不是佛祖的激励,也许自己现在仍然浑浑噩噩,毫无成就,甚至沦为偷鸡贼。

蔡襄顿悟了!他请来和尚,为这座偏僻的寺庙,题写了"太白峰"的三个大字,以寓意当年自己的荒疏浑噩以及佛祖的警示。尔后人们便以蔡襄的题刻称呼山峰和山寺,原有的莲花山名逐渐被淡忘了。蔡襄的题字保存至今,太白峰寺也成为远近闻名的励志宝刹。《泉州府志》记载:"山上有石,方如碑碣,蔡忠惠书'太白峰'三字,刻其上。"

蔡襄的这个故事是真是假，现在自然无从考究，但是它留给后人的思考，可能是永远的吧？

§

田野调查中遇到类似的怪力乱神例子还很多，但是似乎不宜再写下去，否则就成为《鬼神录》了。大家看了我以上的叙述之后，也许要讥笑我的迷信与无知，我不能不就此打住。但是我们如果换一个角度来思考这一问题，这些奇异的故事传说等等，却是真实存在于民间社会之中，并且在民众当中世代相传，富有生命力。有些怪力乱神的奇异故事和传说，逐渐演化为各地不同的民风习尚，变成这些地方民间社会生活的一个组成部分，甚至可以说成为当地民众生活方式的一个组成部分。正因为如此，对于这些怪力乱神的奇异故事传说，我们还无法视而不见。这也许就是所谓人类学、社会学"田野工作"的意义所在吧？

三出江湖——傅衣凌先生和研究生们

前些日子，杨国桢先生在"澎湃新闻"网站上发表了《重出江湖——1973年与傅衣凌先生同行》纪念文章。杨国桢老师写道："1972年10月，厦门大学文史系解散，复办中文系和历史系。陈在正任历史系主任，招收普通班工农兵学员三十人，定学制为三年。1973年1月，工农兵试点班学员学完二年后毕业。重建的历史系如何'以社会为工厂'办下去，是一个大问题。这个问题不仅厦门大学如此，其他学校也同样感到迫切，因此纷纷派教师到各地高校串联'取经'。在这种形势下，厦门大学决定派傅衣凌先生、柯友根先生和我到各地学习考察，给我们三个月的时间，从南到北，从东到西，'周游列国'。……傅先生重出江湖，是历史系的金字招牌；柯友根是地下党出身，能言善辩，是交际的高手，负责对外联系；时我方过而立之年，文笔敏捷，负责记录和整理汇总信息，向校、系书面汇报。而我们则不辱使命，出色完成任务。"

杨国桢先生文中所记是1973年的事情，其时我还在部队服兵役，无缘获见老师和学长们的风采，时时感到遗憾。不过还好我于1976

▷ 服兵役期间与战友合影

年打倒"四人帮"之后、作为最后一届"工农兵学员",在1977年3月进入厦门大学历史系读本科,这样也算附上骥尾,当上了傅先生的"广义"上的学生。

我拿到厦门大学录取通知书而尚未入学的时候,许多热心人就告诉我,厦门大学历史系有所谓"傅韩"的两张金招牌,"傅"即傅衣凌先生,"韩"是韩国磐先生。听了热心人的介绍之后,自己就感到有些洋洋得意起来,原因是我自揣不是读书的料子,"工农兵学员"的名号已经不再吃香,成了"恶谥"。日后不成材,万一遇到刻薄的人挖苦我们"工农兵学员",我可以搬出"傅韩"的金招牌,抵挡一阵。用鲁迅先生的话来说,就是"拉大旗作虎皮"了。

由于有了这种不足为训的"未雨绸缪"的心理打算,我从入学这天起就比较用心打探傅先生和韩先生的轶事传闻。其中打探到的一条最重要的消息,是傅衣凌先生于1975年退休了,听说还准备回到老家福州去安度晚年。这让我很惊讶:其时在大学里尚无明确的退休制度,七八十岁未退休的老教师比比皆是,而且"老教授"似乎是愈老愈宝贝,

▷ 五十年代傅衣凌先生与毕业同学的合影，中有林惠祥、韩国磐等诸位先生

从当时的电影中看到，厉害的老教授，非得随身带上降压药、救心丹之类的东西，否则就显得气派不够。傅衣凌先生年方六十有余，何至于就匆匆退休赋闲在家？

兹事体大，我得赶紧深度探听缘由。经过多方的消息证实，原来傅先生的二公子在深山插队多年，一介书生的傅先生，实在没有本事给儿子"走后门"，致使二公子在深山滞留不得回城。幸好此时有了好政策，说是在职的国家员工，可以办理提前退休手续，让插队久久不能归来的子女"补员"回城。万般无奈之下，傅先生办理了退休，二公子因此"补员"回城，在厦门大学食堂卖稀饭。说到这里，我们再来温习杨国桢先生的文章，傅先生于1973年"重出江湖"，看来只在当时晃荡的大学的江湖里颠扑了两年多，两年多之后又退出江湖、金盆洗手了。

说来还是我的运气好！傅衣凌先生第二次退出江湖之后不到一年，时风丕变，大学里的老教授们再度吃香起来。傅先生既然是金招牌，那就不由分说，再一次成为厦门大学的正式教职员工。遵循杨国桢先生的算法，傅先生的这次出山，可谓不折不扣的"三出江湖"！

按照国内大学的学期制度，我的这届附上骥尾的"工农兵学员"班，本来是应该在1976年9月份同傅先生一道走上江湖的。但是据说国家太忙，不得不推迟到1977年3月入学。不过这样也好，老师先就座，学生随后拜山门，也算是尊卑有序了。伦序既定，我戴上厦门大学白色的校徽，对外声称傅衣凌先生是我的大学老师，倒也没有太多的错误。只是那时傅先生的事务太多，教育部又把他放在厦门大学副校长的位置上，连累得我进入学校一年半，连傅先生的影子也没有见到过。

影子既然看不到，那还是来点耳食的吧。从比我长一大辈的学长郑学檬、杨国桢等老师那边听来消息，傅先生当上副校长之后，做了两件跟我有关的重要事情。一是向学校申请经费，经福建省委宣传部批准，创办了《中国社会经济史研究》的杂志季刊。如今创办学术刊物，其艰难的程度犹如"难于上青天"。傅先生执风气之先，不失时机地创办了这样的刊物。如今已经过去了近四十年，《中国社会经济史研究》成为中国经济史学界的重要学术刊物。嘉惠后学，润物无声；睹物思人，可不慨叹思颂！

另一件事是据说傅衣凌先生从学校争取来了二千元人民币，准备于1978年春夏之交在厦门大学举办"历史学科学的春天学术讨论会"。这个学术讨论会的名称现在看来有些拗口，但是在当时是很符合政治形势的，因为中央领导在许多场合呼吁"中国科学的春天"到来了，大家听到都很高兴，我们虽然是从事"百无一用是书生"的历史学，但是能够赶上"科学的春天"，也还是精神为之一振，学术讨论会加上这个时髦的口号，合时宜也。

这次学术讨论会的重要政治意义，我当时还领会得不很清楚，但是

▷ 九十年代与陈孔立老师、郑学檬老师及王炳华同学的合影

它令我欢欣鼓舞的是终于可以见到傅衣凌先生本人了。现在回想起来，这次学术讨论会的场面确实很大，堪称盛会。历史系办公室广发英雄帖，国内东西南北中的历史学同行纷纷响应，总共有一百数十人。比如北京中国社会科学院历史研究所的所长林甘泉先生、副所长熊德基先生，也都联袂前来。会议规模如此之大，限于当时的条件，历史系的接待工作相当繁重。历史系的精英青年教师如郑学檬、杨国桢等，充当会议秘书；其他的老师，有的分工迎客接送，有的专司往返票务，有的则包干会场教室等等。我们这些本科学生，负责茶水供应。

说到茶水供应，严格说就是倒水给各位与会老师解渴。这项工作现在看来平平无奇，只要一个电话打给超市，超市立马送来一箱一箱的矿泉水，同学们只要把矿泉水安放在座席上，就算完成任务。但是四十年前，这项工作却是相当繁重而麻烦的。首先必须给学校的相关部门领导呈送申请报告，批准之后打借条给学校食堂，暂借带有火苗的蜂窝煤炉若干座、蜂窝煤若干箱，铝质烧水壶若干个；那时喝水的茶杯也稀缺，代替茶杯的是饭碗二百个。同学们与食堂管事清点交接

▷ 六十年代厦门大学历史系部分教师合影，左起：罗耀九、陈在正、傅衣凌、孔永松、韩振华、郑学檬

完毕，把这些家杂搬到会场及分会场，在会场或分会场里找个合适的角落，起炉开火，烧水等候。会议开始之后，我们就提着里面装着滚烫开水的铝质水壶，逐一在老师面前分发饭碗，冲上热水。略过一些时间，估计碗里的水有所消耗，我们再逐一前往添加，绝不能让开会的老师们无水可喝、口干舌燥，影响他们的发言。

这项工作虽然烦琐，但是为我提供了与傅先生直接见面的机会。傅先生是主人，坐在主席台上。主席台上的开水更是不可缺少。我赶紧利用这一难得的倒水权力，恭恭敬敬地把一个印有公鸡图案的饭碗放在傅先生的面前，再恭恭敬敬地斟上满满的一碗水。其时傅先生当然不认识我，只知道这是历史系的学生，他也就微笑向我点头致意。这个点头微笑让我大为满足，终于抚慰了我一年多来无缘获见的仰慕情愫。事过之后，经常还为此事暗自得意：根据民俗学家的论说，中国在三千多年前就有"敬茶拜师"的优秀传统。我的这次与傅先生的敬水之仪，虽然匆匆而过，但是颇为符合古意，可惜的是傅先生没有给我回赠《论语》、葱和芹菜一类富有寓意的东西。如果有，那我就真有向外炫耀的本钱了。

话扯得太远了,回到学术讨论会上。会场上各位老师的发言都是他们几十年来深切研究的精妙之语,但是以我的"工农兵学员"的樗栎之资,大多也消受不了。不过在倒水的过程中,南开大学王玉哲先生的发言吓了我一跳。王玉哲先生发言的大意是:我是主张"西周封建说"的,这么多年来要我承认中国的封建社会始于春秋战国之交,我是死不瞑目!那个时候我年轻好奇少不更事,听了王玉哲先生的发言之后,第一反应是,西周也好、春秋战国也罢,距离我们今天两千多年,那时是不是封建社会,关你王先生什么事体,何至于到"死不瞑目"的田地?但是后来我自己走上了从事历史学的道路,随着年龄的增多和师友们的熏陶,我才意识到王玉哲先生此言,饱含着他对历史学专业的执着和对学术真谛的无限热爱。本来,中国有没有存在过"封建社会",中国的封建社会始于何时,这都是学术问题,学者们是可以通过百花齐放、百家争鸣的方式,进行自由讨论的,不同的观点也是可以共同存在的。但是不知怎么搞的,一个好端端的学术问题变成了政治问题。王先生的学术观点,不符合时行的政治观点,备受压制,这也就难怪王玉哲先生千里迢迢来到海边一隅的厦门,趁山高皇帝远,发出了自己压抑在心中多年的学术郁闷。这么多年来,我自己越是在历史学的道路上厮混,越是会经常回想起王先生的这次发言,心中充满了对于傅衣凌先生、王玉哲先生等史学前辈的崇敬之情。

说到这次讨论会上各位前辈老师对于历史学的热爱,其实单凭从全国各地一下子来了一百多位学者这一点上,就足于证实。二十世纪七十年代的厦门,是名副其实的"边陲之地",交通极为不便,不要说没有飞机通航,就是火车,最远直达的班车,是厦门往返于上海,时间长达四十个小时。其他地方的学者要来厦门,非得经过多次转车不可，有时甚至需要火车、汽车、轮船、人力车并用。如果是西北地区、北方地区来的学者，需要辗转好几天才能到达厦门。听系里经管接待的老师说，有两位学者来到会场时，正好赶上讨论会的闭幕式，也算不虚此行了。更为严重的是，有位先生辗转颠簸到福建境内的三明地界，终于坚持不住，撒手归西了。我们这些同学在忙于烧水敬茶的时候，系里的老师还得派人赶去三明，办理丧事。事情虽然很让我们大家遗憾悲伤，但是史学前辈们对于历史学的执着追求精神，使我至今难以忘怀。

"历史学科学的春天学术讨论会"结束之后，我一时也再没有机会见到傅衣凌先生。一方面是自己有幸来厦门大学读大学，全凭运气所赐，中学时段只入学一年多，接着是做了七年农民、三年服兵役，自忖"学无根柢"，不便在"学问"上凑热闹；二是傅先生实在太忙，副校长之外，又有全国政协委员、福建省哲学社会科学联合会副主任等一大堆头衔。既然我拜见傅先生的好奇心已经得到满足，也就不好无端去骚扰他老人家。偶然听到的消息，是教育部布置在国内的一些著名大学招收硕士研究生，傅先生和韩先生即"傅韩"二人一道挂起招牌，开始招收"中国经济史"方向的硕士研究生。但是这种事情实在于我过于遥远，我也就不予关心了。

1979年5月的一天晚上，历史系党总支书记来到我们的宿舍，对我们做起思想工作。说的是傅先生和韩先生，是国内著名的史学权威，自从去年开招硕士研究生，总共招得五名。起初是韩先生两名，傅先生两名，后来中国社会科学院历史研究所的谢国桢先生极力推荐，从历史研究所那边转来一名，于是傅先生招得三名。这些第一批的学生，或是"文革"之前及之间就读大学而矢志从学的"好学"之士，或是家学渊源、门楣书香的优秀子弟。一听到国家开始招收研究生，立即负笈前来、义无反顾。可惜这样的读书种子所剩无几，到了第二次即1979年挂牌招生的时候，傅韩二人竟然只有一名考生报名，这让系里的领导们很为难。无奈之下，系里的目光转到我们这些难于入流的"工农兵学员"身上。总支书记谆谆教诲：我们知道你们的底子差，考不上。但是为了让傅、韩二位先生脸面上过得去，你们还是前往招生办踊跃报名。至于日后考不上，你们本来就没有什么包袱负担，二位老先生那边也能理解得了。

领导的话说到这个份上，我们还有什么好迟疑的！"工农兵学员"虽然出自三教九流的门下，读书的底子有些问题，但是普遍有着"一不怕苦、二不怕死"的革命精神。在总支书记的激励之下，我们班里连同我在内共有六位同学，一起报了名。两个月之后，我们六人照例一本正经地进入考场，涂鸦一番之后，兴高采烈地走出考场，大家感觉像是了结了一番少有的壮烈义举，各自散开。

再过两个月，9月份的一天，总支书记满脸笑吟吟地把我请进办公室，庄严地递给我一份硕士研究生的录取通知书，一面向我表示祝贺，一面向我表示感谢。说是幸亏我去参加报考，连同之前报考的一位"文革"中间毕业的大学生，今年正好录取两名，傅先生和韩先生各取一名，我跟傅先生读明清经济史，另一位谢重光同学跟韩先生读魏晋南北朝隋唐经济史，终于凑成大吉大利之数。

这个结果可是我万万没有想到的。我出自农家，之前所谓读书的时间，还没有不读书的时间长。侥幸进入大学之后，最大的愿望是分配到一个好工作，做好一名"国家干部"；再是赶紧找到一位吃商品粮的女伴侣，成家立业，对自己、对父母、对家乡的父老乡亲，都有一个比较说得去的交代。这下乱了套，原先的如意算盘全部落空，自

▷ 傅衣凌先生在日本讲学期间与日本学者合影

己的人生道路一片迷漫，只能重新规划了。

那个年代考上研究生，大家好像没有什么其他的花哨想法，既然读了研究生，那就准备读书"做学问"吧。不像现在的报考研究生，也许是受到"文化多元"的影响，有工作不如意改读研究生的，有大学毕业一时找不到可意的工作而报考研究生的，有为了从政为官报考研究生的，有为了经商发财报考研究生的，有为了博得女朋友欢心而报考研究生的，有为了父母亲戚朋友报考研究生的，可谓应有尽有。我招收过几位年龄跟我差不多的台湾来的博士生，我不免好奇问他们：大陆高校的学位在台湾的体制不受承认，你们年龄也不小了，攻读博士学位为哪般？他们的回答更是令人感到英奇高格，说是为自己的祖宗们读的，拿到博士学位之后，可以在自家的祠堂中挂上博士的匾额，光耀门庭。这种读博动机，真正是充满着中华优秀文化传统的宝贵气息了！

回到四十年前，那时考上研究生既然是要"做学问"的，我也只能静下心来，不去考虑怎么做好"国家干部"和讨老婆的事情，先把傅先生的门墙熟悉一下，以便今后有所识相、少失些礼数。

傅衣凌先生在"文革"之前招过两位研究生，一位是唐文基师兄，福建省福州籍人；一位是蒋兆成师兄，浙江省杭州籍人。这两位师兄在"文革"前已经毕业参加工作，我是到了1978年傅先生举办的"历史学科学的春天学术讨论会"上见到他们的。其时因为自己没有从事"做学问"的打算，因此也就没有与他们交谈，只知道这二位是傅先生"文革"前的研究生，都是南方人士，所操的国语普通话极富地方特色。我入学研究生后，论资排辈，除了傅先生是师尊之外，他们二位是同门之内我最需要尊敬的，必须赶紧了解他们的情况。唐文基师兄毕业后，分配到中国社科院历史研究所工作，但是听说师嫂特别眷顾老家福州，不久唐师兄也就从社科院调转福建师范大学工作，这倒方便了我，可以就近多多请教。蒋师兄毕业后留在厦门大学历史系工作，由于他的语言极富杭州地方特色，弄得他给本科生上课时，师生之间经常交通不畅。蒋师嫂同样是一位热爱家乡杭州的女士，不久蒋师兄也就妇唱夫随，蒋调转杭州大学历史系任教。这就使得我拜见蒋师兄的机会没有唐师兄那么便利，曾经在几次学术研讨会上见面，但是碍于双方的语言都是相当的奇特，我所遵循的兄弟孝悌之道，只能是多多鞠躬。而蒋师兄的应对之道，就是多多点头。

接下来傅衣凌先生招收研究生，是到了1978年的秋季。此次傅先生和韩先生一道招收"中国经济史"专业的硕士研究生，共有五名。韩先生名下有杨际平师兄和李伯重师兄；傅先生名下有刘敏师兄（中国社科院转来，后来易名为"刘秀生"）、魏洪沼师兄和黄爱淳师兄。1981年这届硕士研究生毕业之时，杨际平师兄留校任教；李伯重师兄因为当时韩国磐先生还无法招收博士生，与刘敏师兄转到傅衣凌先生名下继续攻读博士学位，成为"文革"之后的第一届博士研究生。

▷ 与李华先生、许檀教授及师兄刘秀生在深圳的合影

　　1981年第一届硕士研究生即将毕业之时,从教育部到厦门大学,对于如何毕业以及授学位等事宜,都不是很清楚。1981年春季傅先生到北京参加全国政协会议的时候,顺便向有些消息灵通人士打听如何进行这些事情。打听到的消息是:硕士学位的授予比例应该控制在百分之五十左右。傅先生回校之后,据此办理。五位研究生,三人略微超过百分之五十,于是四舍五入,授予杨际平、李伯重、刘敏三位师兄硕士学位,魏洪沼、黄爱淳两位师兄,只好受些委屈,暂时没有获得硕士学位。不料傅先生再次来到北京的时候,才发现教育部并没有这种限额的规定,北京各单位绝大部分是皆大欢喜,人手一证。傅先生不免有些后悔,返校之后建议魏、黄二位师兄修改论文,等到第二年即1982年我毕业时一起答辩,补授硕士学位。但是事过境迁,黄爱淳师兄由于家庭的负担,无力返校重新答辩,最后的结果,是魏洪沼师兄和我一起答辩通过,于1982年获得硕士学位。由于消息的误传,致使魏洪沼师兄落后了一年,与我同年,我倒沾了一点"犯上作乱"的便宜。

　　1980年,即我考上硕士研究生的第二年,国家忙于拨乱反正,百

▷ 与经君健先生及师兄李伯重在深圳的合影

业待兴,报考研究生的生源依然是青黄不接,又缺少我等不知深浅的愣头青人物,因此这一年傅先生没有招到研究生。1981年之后,情景就不同了,1978年初入学的恢复高考后的毕业生陆续问世,有志青年所在多是,接下来报考傅先生和韩先生研究生的不乏其人。韩先生那边的我记得不太清楚,傅先生这边,硕士研究生有陈铿(现在美国)、郑振满、徐晓望、郑志章、王日根、郭润涛、张和平。

1982年硕士研究生毕业之后,我继任傅先生的学术助手。早先担任傅先生学术助手的先后有杨国桢老师和林仁川老师。八十年代以来,杨、林二位的学术生涯蒸蒸日上,不好继续担任傅先生的助手,于是由我继任。1984年春天,傅先生不幸患上胃癌,第一届博士研究生李伯重、刘敏尚未毕业,我们也都不忍心向傅先生提出报考博士研究生的要求。万万没有想到的是,有一天傅先生和师母郑重其事地把我叫到跟前,要我速到研究生招生办报名入考他的博士研究生。

我知道这是傅先生和师母经过深思熟虑的决定,我除了默默感激、铭记五内之外,任何语言都是多余的。这样,我于1985年成了

▷ 在傅衣凌先生家中与叶显恩先生和陈春声同学的合影

傅先生招收的第二届博士研究生,在职攻读。我入学之后,傅先生的病情有所好转,第二年即1986年,陈春声、郑振满接着报考博士研究生。1988年春季傅先生的病情再度恶化,不久去世,博士研究生陈春声、郑振满和硕士研究生郭润涛、张和平四人,转到杨国桢老师的名下,先后获得博士学位。1987年初我被学校破格晋升为副教授,傅先生从此不准备再招硕士生,1991年我第一次招收刘永华为硕士研究生。从研究生的谱系上排辈,刘永华可算是傅门研究生的"长孙"了。

从1979年开始至1988年,我跟随傅衣凌先生学习工作近九年时间。我最大的受益,是来自傅先生不经意的言传身教,而不是正儿八经的授课。傅先生是福州人,讲的普通话也是相当的奇特,一般的外江佬是不大容易听懂的。再加上七十年代后期傅先生三出江湖之后,各种工作实在太忙,又应邀到日本、美国等地出访讲学,抽不出太多的时间给我们上课。累计起来,傅先生给我们几届硕士研究生和博士研究生授课的时间,不会超出一个月、十节课的光景。由于语言上的原因,傅先生授课的最大特点,是埋头念稿子;我们这些同学也是闷着脑袋,死命做笔记。

▷ 八十年代初傅衣凌先生在日本讲学,右二是小野和子教授,右三是师母柯再贞女士

▷ 傅衣凌先生和师母在日本京都的留影

▷ 八十年代初傅衣凌先生在美国讲学

▷ 在傅衣凌先生家中与韦庆远、叶显恩、汤明檖、陈孔立、杨国桢等先生的合影

过些年我帮助傅先生整理书稿准备在人民出版社出版时，才发现他给我们上课时埋头念稿子的是他的著名著作《明清社会经济变迁论》。

虽然傅先生给我们上课的时间十分有限，他的福州方言口音我们也不能全部领会，但是他给我们的教诲，更多的是日常言行举止的精神表率，特别是他在晚年重病期间，还坚持学术研究工作，他的许多著名论述，如中国封建社会是弹性的社会，既早熟、又不成熟；中国封建社会晚期出现了新的发展因素，但是强大的旧势力，死的拖住活的，使之难于顺利发展等等，差不多都是在他于"文革"结束后这段时期正式提出来的。在他去世前的半年，他还请博士研究生陈春声帮助，撰写了《中国传统社会：多元的结构》一文，对中国封建社会晚期的整体发展道路，提出了足以振聋发聩于历史学界的全新论述。在这期间，每当我看到他摇晃那消瘦虚弱的身躯，交代我去图书馆查阅文献资料时，心里百感交集，至今无法忘怀。

我们今天回顾傅衣凌先生培育研究生的独特方式方法，不由得使我联想到今天在全中国流行的培养研究生的模式。如今培养研究生，是由教育部相关部门制定出来的程式化模式，全中国的导师和学生，是必须认真贯彻执行的，缺一堂课就有被追究责任的危险。我自己从1987年开始指导研究生，已经带了好几十名研究生，大概是受到老师的影响吧，至今不肯老老实实地遵循教育部规定的教学程式来指导，尽可能少上一些课。好在现在年龄比较大了，学校的管理部门出于惜老怜贫的好意，对我睁一只眼闭一只眼。但是我的内心，还真的怀疑：当今的程式化培养研究生，真的就比四十年前老师的言传身教更具科学性？

当然这种事情不是我所应该操心的，还是回到当初我读研究生时的情景。由于当初是以"中国经济史"的名目招生的，所以除了傅先生授课之外，韩国磐先生也授课。记得韩先生给我们上过一个学期的课，授课时间比傅先生长。韩先生的国语普通话比较纯正，同学们都听得明白。但是其时韩先生刚做过食道癌的手术，身体相当虚弱，食道切除一段之后，长度变短，把胃提到胸口的位置，容易受凉，须在胸口藏胃的地方特别加盖一块保暖小棉片。如此一来，韩先生的身体经不起长时间的讲课，每次差不多只能讲半个小时左右。韩先生住在鼓浪屿，距离我们居住的厦门大学本部有几里之远，还得乘坐渡轮跨海才能到达。因此每星期到鼓浪屿上课，大家必须算好时间，共同进退。车船周转一趟，一般都要到九点才能到鼓浪屿韩先生家里。韩先生是一位十分儒雅的学者，待客礼仪周全。我们一到，第一道程序是喝茶，师母捧上果盘，里面有饼干一类的点心。我出身于农家，吃东西至今还是走"猪八戒吃人参果"的路数。但是来到韩先生家里，不敢放肆，学习斯文，仔细品味，浅尝辄止。茶点完毕，韩先生再慢条斯理地讲授约半个小时。再喝茶、吃点心，同学们讨论讨论。如此几来几往，约莫有一个半小时了吧。我们告辞回校，韩先生照例要巍巍颤颤地送到门口。这样结算下来，一个学期韩先生的授课时间，大约十个小时。如今四十年过去了，韩先生所讲的内容，自然还记得不少，但是印象最深的，还是韩先生家里的茶和点心。

最后，我要补正杨国桢老师在《重出江湖》中的一点记述。杨国桢老师记云："(5月)9日，傅先生先行乘火车到北京。……23日下午，访中华书局、商务印书馆。到中华书局拜访总编辑丁树奇先生时，本想打听《林则徐传》是否可以续写出版，不料他说'文革'前签订的出书协议失效，颇为怅然。"杨老师这里漏记了傅先生的一本书。"文革"之前，中国历史学界在翦伯赞教授、郑天梃教授的主持下，在中华书局出版了《中国通史参考资料》一套十余册，这套书堪称那个时代在中国历史学界影响最大的书籍之一，主编聘请国内在各个断代史领域最具影响力的学者参与，傅衣凌先生负责明史部分，属于第八分册。1966年，傅先生完稿并交付中华书局编辑出版。可是在此不久，"文革"爆发，中华书局里面也是革命第一，编书先放在一边。几番"造反有理"之后，傅先生的书稿不见了。"文革"结束之后，中华书局倒是依然认得此账，要求傅先生重新编写。当时人手不够，除了召集杨国桢、林仁川二位之外，竟然把我也拉了进去。1983年我到沈阳参加清史国际学术研讨会的时候，顺道把一捆《中国通史参考资料》(明史部分)的书稿，交给了中华书局热情的林编辑女士。这次中华书局不好马虎、高度负责，不久就把书印出来，可惜我把这位热情的林编辑女士的名字忘了。

我和南洋渤泥国国王

    这样的题目很容易令人产生误会,以为我要借用南洋渤泥国国王的赫赫威名"傍大款",捞取什么名声或真金白银的利益。坦白告诉大家,我和这位国王,从不认识。我不但无法从这位国王身上获取任何的名声及钱财上的利益,反而因为有了这位国王,惹了一身毫不相干的臭腥味。

    事情的缘由来自我们国家的"一带一路"东风。福建省泉州地区是中国海上丝绸之路的核心区域和重要起点,泉州地区上下各界都十分振奋,有关海上丝绸之路的学术研究蔚然成风,此起彼伏,方兴未艾。泉州地区的一些文史研究者们,神通广大,举凡想得起来的题目,都可以找到相关的铁证,实现新的突破。什么南洋某某国王、王室来到中国,死在泉州,经过一番查找考证,果然坟墓俨然、尸骨犹存。又有南洋某某国王、王室来中国访问,中央领导忙于接见招待会谈,泉州这边的专家学者们更是忙得热火朝天,国王、王室访问即将结束,泉州这边也找到了国王、王室的血缘家族。亲善之诚、寻查之苦、考据之功,实在令人佩服。

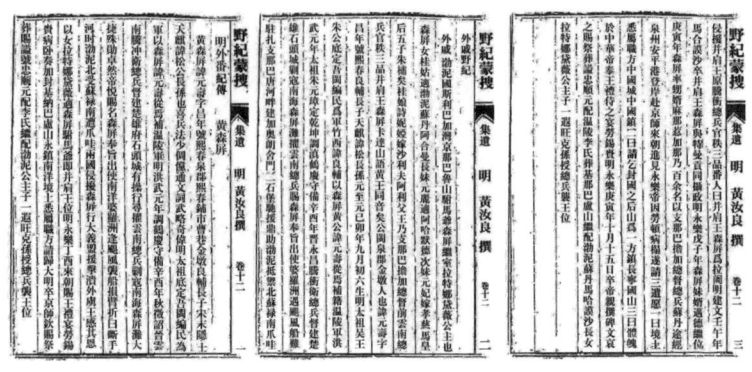

△ 所谓《野纪蒙搜》中的三页复印件

2019年，泉州市晋江市黄氏家族的一位旅居外地的族人黄先生，给我寄来了一份据说是明代后期该族族人、担任过明代天启年间礼部尚书的黄汝良的一部著作《野纪蒙搜》中的三页复印件，说是从这部著作中，发现了该族的明代族人中，有一位黄森屏者，建功于域外，成为南洋渤泥国驸马、国王。黄先生提供的古籍复印件有两份，均在《野纪蒙搜》的第十二卷中。一份是《外戚野纪》，另一份是《明外番纪传·黄森屏》，两份所记内容多有雷同，都是记载黄氏家族族人黄森屏在明初以军籍累官总兵之后出使南洋，最后成为南洋渤泥国驸马、国王的事迹。兹抄录《明外番纪传·黄森屏》的文字如下：

黄森屏，讳元寿，字昌年，号熙春，泉郡熙春铺市曹巷金墩良辅长子，宋末隐士天麒讳松公长孙也。喜兵法，少倜傥通文词武略奇伟。明太祖底定吾闽，编民为军，以森屏讳元寿从焉，补温陵军。明洪武元年，调鹤庆守备。辛酉年秋，征诏晋云南腾冲卫总兵，督建整雄府石头城，有操守。寻擢云南总兵，剿寇南海。森屏滩大捷，殊勋卓然。帝悦，赐名森屏，奉旨出使南洋婆罗洲。逢飓风袭船损臂折日断手河。时渤泥北受苏禄南遭爪哇两国侵扰。森屏行大义，盟援击溃外虏。王感其恩，以女拉特娜黛薇适森屏，驸马爷即并肩王位。明永乐丁酉来朝，赐王礼宴劳锡赍病卧，奏加封基纳巴庐山永镇南洋境土悉属职方请归大明。卒京师，钦赐祭葬，赐谥号忠顺。元配李氏，继配渤泥公主。子一遐旺克孙，授总兵，袭王位。

这一资料的发现，对于进一步说明历史上泉州在海上丝绸之路上的贡献、黄氏族人开拓海外的不朽业绩，具有极其重要的价值。因此他们家族希望为黄森屏树立一座石碑以记其功，并且因为我是长期从事明代历史学术研究的，希望以我的名誉予以立碑赞言。我看了黄先生寄来的复印件，是古籍的复印件，理应不假。想找来原书核对，搜索一下，黄汝良的这部《野纪蒙搜》，似乎早已散失，在国内各图书馆中没有收藏。我想，既然是弘扬中国海上丝绸之路历史文化的新资料发现，古籍复印件又言之凿凿，应该是没有问题的。既然是一件好事，于是把他们撰写好的碑文看过，欣然同意了。

出于职业的好奇心，对于黄汝良的这部《野纪蒙搜》，既然在国内看不到，里面又有这么好的资料记述，我不免有急欲一睹而后快的心理。国内图书馆找不到，我就联络海外的朋友，帮我查找。功夫不负有心人，朋友们竟然在海外找到了《野纪蒙搜》的孤本[1]，并且想方设法帮我复印了回来。我喜不自禁，细细阅读，居然大出我的预料。

---

[1] 海外复印回来的黄汝良这部珍本，书名为《野纪矇搜》，与黄氏家族杜撰的《野纪蒙搜》差一个字，是否为作伪者故意为之？

> 《明總兵古渤泥國王黃森屏(Ong sum Ping)志略》
>
> 公諱元壽（1339—1408年）福建泉郡安平金墩人，幼英異具大志，嫻習韜略。弱冠遭世亂，龍鳳十年仰慕吳王朱公歸命詣，殷懃行伍馳騁戎馬間，功勛卓著。大明定鼎，朝廷有其才，補溫陵軍，調鶴慶守備，晉榮楚雄石頭城，欽授騰衝總兵、雲南總兵，欽差巡狩婆羅洲渤泥國，洪武帝賜名森屏，揚威西洋，即渤泥國井肩王位，永樂來朝，賜予王禮，宴勞錫貢，病卒京師，欽賜祭葬。子一返旺克孫，繼王位，開拓海上絲綢之路，至今仍受渤泥(文萊)王室的尊敬。文萊國將總兵墓、森屏路、王室博物館等闢為紀念黃森屏之歷史古蹟。
>
> 中國明史學會會長、廈門大學國學研究院院長陳支平　撰
> 澳門黃永富　　美國黃伯祿　　香港黃長歆　監造
> 安平金墩黃氏家族理事會立
> 歲次己亥年孟冬

△ 黄氏族人所刻黄森屏纪念碑

所谓的《明外番纪传·黄森屏》和《外戚野纪》，完全找不到。这时我才恍然大悟，自己上了大当！这两篇所谓的黄森屏建功域外成为南洋渤泥国驸马、国王的记载，从头到尾都是黄氏族人自己杜撰出来的，又因为黄汝良的这部《野纪蒙搜》在国内看不到，猜想我也无从查考，可以蒙混过关，欺之以方！

虽然说黄氏族人为了杜撰黄森屏这位子虚乌有的历史人物颇费了诸多心思，把这两篇伪造的黄森屏传记请人雕版成古籍的模样。但是作为一位研究明史的专业人员，不得不认为，文献资料是假的，所有的结论自然也是假的。我通知这位旅居外地的黄氏族人，告诉他这篇资料是假的，我不能为这位子虚乌有的黄森屏先人树碑立传。黄先生听到这一消息后也很惊诧，当即回复我，碑文应该推倒重做，把我的名字删除。过了不久，黄先生给我发来重新镌刻的碑文图片，果然把我的名字去掉了。只要没有我的名字在上面，黄森屏是何许人，就跟我没有关系了。

过了一段时间，为了万全起见，我请一位朋友到泉州树碑处去看看究竟换碑了没有。朋友回来后告诉我，那里树立的还是有我名字的原碑。

年轻而又精通电脑的学生们仔细看了黄先生发给我的新碑传件,这个所谓的新碑传件,根本就是把原碑里我的名字进行电脑抹黑处理,没有重新镌刻新碑的迹象。这样一来,我的名字,恐怕就要和这块石碑共存于天地之间了!其实,我的名字是删是存并没有多大关系,因为我的名字值不了多少钱。但是因为有了这块碑,泉州地方盛传我拿了黄氏家族的不少钱,这就与我有关系了。实话告诉大家,至今我没有收过黄氏家族的一分钱,旅居外地的黄先生为了感谢我,托人给我带来了两盒澳门出产的著名礼饼。这块石碑里我的名字至今还是没有撤下来,我也拿他们没有办法,就随他去吧。

此事本应沉寂下来。不料在近一两年,有一位在北京工作并且退休的老人,反复给我打电话,说他也是泉州黄氏家族的族人,十分愤慨他们家族内有人假造"黄森屏"这一人物。要我出来"仗义执言",并且给我发来两份关于黄森屏的传记材料,据说这些材料均来自明代中期徽州人程敏政编辑的《皇明文衡》一书。

又是明代的文献史料,我不免又有些好奇。《皇明文衡》这部书传世也比较少,但是有四库全书本,在国内比较容易看到。我查找一下,发现在网络上已经广为流传所谓这部书中的"黄森屏碑文"了。北京黄先生所提供的传记材料,好像也是网上搜索来的。兹抄录如下:

《皇明文衡》卷八十一:胡广《浡泥国并肩王森屏黄公神道碑》

皇明永乐六年秋八月乙未,浡泥国王麻那惹加那乃黄公森屏讳元寿云南腾冲卫总兵率其甥妹部属者凡百五十余人至阙下也,来朝上表、贡方物。上御奉天殿,受其献。退即奉天门，召与语，象通其言，曰："僻壤臣妾，诞被圣化，思睹清光，靡知忌畏，辄敢尘渎。"又曰："天以覆我，地以载我，天子以乂宁我。我长我幼，处有安居，食有和味，衣有宜服，利用备器，以资其生；强不敢凌弱，众不敢欺寡，非天子孰使之然也？！天子功德暨于我者，同乎天地。然天地仰而见，局面履，惟天子邈而难见。是故诚有所不通。僻陋臣妾，不惮险远，浮诣阙下，以达其诚！"上曰："嘻！惟天、惟皇考付予以天下，子养民；天与皇考，视民同仁。予其承天与皇考付畀之重，惟恐弗堪，弗若汝言！"则又顿首曰："自天子改元之初载，臣国屡丰和：山川之蕴珍宝者，霍然而呈；草木之不华者，霍然而实；异禽跄鸣，而走兽率舞也。臣国之老曰：'华夏圣人，德教流溢于兹。'臣土虽远京师，然为天子氓，故矜奋而来觐。"上嘉其诚，优待礼隆，赐予甚厚。初赐宴于华盖殿，既连宴于奉天门。每宴，则命公夫人宴其妻、于内馆。罢宴，敕大官厚具献食；日命大臣一人侍于所舍，中贵人专接伴，盛其班张，丰其禀饩，入朝，班次上公，宠异至矣！逾月，王忽感疾。上命医，赐善药调治；遣中贵人劳问。旦暮相继。日命大臣，视王疾差；剧闻小瘳，喜见颜色。王疾笃，语其妻以下曰："我疾，贻天子忧念，脱有大故，命也。我僻处荒徼，幸入朝睹天子声光，即死无憾。死，又体魄托葬中华，不为夷鬼！所憾者，受天子深恩，生不能报，死诚有负。"指其子曰："我即不起，其以儿入，拜谢天子：誓世世毋忘天子恩。若等克如我志，瞑目无憾矣？"十月乙亥朔，王卒，得年六十有八。上甚悼之。辍正朝三日；敕有司，治丧具，厚恤典，赐谥曰"恭顺"。遣使谕祭，又遣使抚慰其妻、子。王之妻拜使者曰："乃下臣祚薄，弗克负荷天子深恩，不能终事且没。有遗命，以'世世毋忘天子恩。克守其言，则死犹不死矣!"王之妻之言，亦可谓贤也已。是月庚寅，以礼葬王于安德门外之石子岗。敕为文，志其圹。王父曰麻那惹沙那旺沙；母曰剌失八的；妻曰他系邪；子一人克孙，曰遐旺，甫四岁，女二桂姑、桂娘。以遐旺袭王爵，赐以冠服、玉带、仪仗、鞍马、服物、器皿及金银、锦绮、钱币甚厚。赐王妻以命服、珠冠、白金、锦绮、钱币诸物。其余，赐各有差。官王之弟施里难那那惹、施里微喏那沙那、那万喏邪三人，俾辅遐旺。诏有司，立祠于王墓。置守坟者三户。敕建碑祠下，命臣广，制刻文。臣广仰惟皇上绥宁宇内，茂扬天德，溥博周遍；凡日月照临之地，皆心悦诚归，惟恐或后，奉琛秉贽之国，辏集于庭，岁以万数，浡泥王去中国，累数万里，一旦举妻孥、妹戚、陪臣，浮钜海来朝，不以为难；叩陛陈辞，忠诚溢发，其心坚确，有如金石。至其临终之言，尤拳拳属其下以不忘天子恩。圣德渐渍，感动于人心。其深如此，于乎盛哉！惟王贤达聪明，忠顺之节，始终一致；宜其身被宠荣，泽延后嗣。用纪其实，声为铭诗，昭示无极，以彰王之所以受恩深厚者，由其诚也。铭曰：

大明御天，臣妾万方，孰不来享，孰不来王。倚欤浡泥，邈处炎徼，感化来归，风腾云趣。曰妇曰子，甥妹陪臣，秩秩稽颡，趋抃甡甡。跽曰天子，作我父母，我生我乐，天子之祜。戴天覆地，畴比幪幭，翘首大明，遹来献诚。天子曰吁，予统宇内，绥尔于宁，惟德周逮。王拜稽首，万岁欢呼，服德怀仁,春育海濡。国有山川,匿其宝物,灵发其藏,不爱而出。荏苒草木,惟叶蓁蓁,煌煌者华,有实其蕡。异禽和音,鸣拂其羽,走兽麇麇,亦跄以舞。国黄耇曰,圣化所渐,臣国虽逖,臣心仰瞻。天子嘉悦,待以异礼,宴劳锡赉,有厚而旨。云胡期月,疾忽及之,奄然而丧,复悼而悲。临终之言,疆土归华,渤泥弗忘,天子深恩。于乎贤王,卓特超逸,西南诸蕃,靡堪王匹。生者诚款、永镇南洋,爵于王胤,世泽金墩。有坟如堂,有祠翼翼,以妥王灵,魂魄归乡。森屏元寿,赐予王礼,总兵克孙,世袭苏丹、男丁传位,万世恩荣。公享天年,六十有八。

十分遗憾的是,遍查《皇明文衡》真本一书,还是没有发现这篇文字。倒是在《皇明文衡》卷八十一中,有一篇《渤泥国恭顺王墓碑》,全文如下:

永乐六年秋八月乙未,浡泥国王麻那惹加那乃来朝,率其妻、子、弟、妹、亲戚、陪臣,凡百五十余人至阙下,上表、贡方物。上御奉天殿,受其献。退即奉天门,召与语,象通其言,曰:"僻壤臣妾,诞被圣化,思睹清光,靡知忌畏,辄敢尘渎。"又曰:"天以覆我,地以载我,天子以乂宁我。我长我幼,处有安居,食有和味,衣有宜服,利用备器,以资其生;强不敢凌弱,众不敢欺寡,非天子孰使之然也?!天子功德暨于我者,同乎天地。然天地仰而见,蹈而履,惟天子邈而难见。是故诚有所不通。僻陋臣妾,不惮险远,浮诣阙下,以达其诚!"上曰:"嘻!惟天、惟皇考付予以天下,子养万民;

天与皇考,视民同仁。予其承天与皇考付畀之重,惟恐弗堪,弗若汝言!"则又顿首曰:"自天子改元之初载,臣国屡丰和:山川之蕴珍宝者,霱然而呈;草木之不华者,蘁然而实;异禽跄鸣,而走兽率舞也。臣国之老曰:'中国圣人,德教流溢于兹'。臣土虽远京师,然为天子氓,故矜奋而来觐。"上嘉其诚,优待礼隆,赐予甚厚。初赐宴于华盖殿,既连宴于奉天门。每宴,则命公夫人宴其妻于内馆。罢宴,敕大官厚具献食;日命大臣一人待于所舍,中贵人专接伴,盛其班张,丰其禀饩,入朝,班次上公,宠渥至矣!踰月,王忽感疾。上命医,赐善药调治;遣中贵人劳问。旦暮相继。日命大臣,视王疾差;剧闻小瘳,喜见颜色。王疾笃,语其妻以下曰:"我疾,贻天子忧念,脱有大故,命也。我僻处荒徼,幸入朝睹天子声光,即死无憾。死,又体魄托葬中华,不为夷鬼!所憾者,受天子深恩,生不能报,死诚有负。"指其子曰:"我即不起,其以儿入,拜谢天子:誓世世毋忘天子恩。若等克如我志,瞑目无憾矣!"十月乙亥朔,王卒,得年二十有八。上甚悼之。辍正朝三日;敕有司,治丧具,厚恤典,赐谥曰"恭顺"。遣使谕祭,又遣使抚慰其妻、子。王之妻拜使者曰:"乃下臣祚薄,弗克负荷天子深恩,不能终事且没。有遗命,以'世世毋忘天子恩。克守其言,则死犹不死矣!"王之妻之言,亦可谓贤也已。是月庚寅,以礼葬王于安德门外之石子岗。敕为文,志其圹。王父曰麻那惹沙那旺沙;母曰剌失八的;妻曰他系邪;子一人,曰遐旺,甫四岁;女二人。以遐旺袭王爵,赐以冠服、玉带、仪仗、鞍马、服物、器皿及金银、锦绮、钱币甚厚。赐王妻以命服、珠冠、白金、锦绮、钱币诸物。其余，赐各有差。官王之弟施里难那那惹、施里微喏那沙那、那万喏邪三人，俾辅遐旺。诏有司，立祠于王墓。置守坟者三户。敕建碑祠下，命臣广，制刻文。臣广仰惟皇上绥宁宇内，茂扬天德，溥博周遍；凡日月照临之地，皆心悦诚归，惟恐或后，奉琛秉贽之国，缀集于庭，岁以万数，浡泥王去中国，累数万里，一旦举妻、孥、弟、妹、亲戚、陪臣，浮钜海来朝，不以为难；叩陛陈辞，忠诚溢发，其心坚确，有如金石。至其临终之言，尤惓惓属其下以不忘天子恩。圣德渐渍，感动于人心。其深如此，于乎盛哉！惟王贤达聪明，忠顺之节，始终一致；宜其身被宠荣，泽延后嗣。用纪其实，声为铭诗，昭示无极，以彰王之所以受恩深厚者，由其诚也。铭曰：

大明御天，臣妾万方，孰不来享，孰不来王。猗欤浡泥，邈处炎徼，感化来归，风腾云趠。曰妇曰子，弟妹陪臣，秩秩稽颡，趋抃甡甡。跽曰天子，作我父母，我生我乐，天子之祜。戴天履地，畴比幪帡，翘首大明，遹来献诚。天子曰吁，予统宇内，绥尔于宁，惟德罔逮。王拜稽首，万岁欢呼，服德怀仁，春育海濡。国有山川，匦其宝物，灵发其藏，不爱而出。荏苒草木，惟叶蓁蓁，煌煌者华，有实其蕡。异禽和音，鸣拂其羽，走兽麎麎，亦跄以舞。国黄耇曰，圣化所渐，臣国虽邈，臣心仰瞻。天子嘉悦，待以异礼，宴劳锡赉，有厚而旨。云胡期月，疾忽及之，奄然而丧，复悼而悲。临终之言，谓其遘瘖，死有弗忘，天子深恩。于乎贤王，卓特超逸，西南诸蕃，靡堪王匹。生者诚歉，没有谥铭，爵于王胤，世世其承。有坟如堂，有祠

翼翼，以妥王灵，其永无斁。王虽不归，王闻孔彰，天子恩隆，万世有光。²

只要粗粗浏览一篇，就可以发现所谓的黄森屏碑文，几乎就是抄录《渤泥国恭顺王墓碑》的，只不过是把渤泥国恭顺王的头衔改为"渤泥国并肩王森屏黄公"而已。

闽台地区民间素有追溯祖先和炫耀祖先的"家族文化"传统，这种传统是经过一千余年来历史变迁与家族社会变迁的历程中逐渐形成的。家族文化的形成，是必须以一定的历史事实作为基础的，凭空塑造出来的非历史事实，其实是很难形成文化而受到社会的认可的。从一个家族的自身发展而言，杜撰一些所不相关的子虚乌有人物作为自己的祖先，其实是犯了古人"非其族类、不歆其祀"的大忌，对家族的发展并无好处。从社会的角度来思考，如今资讯发达，人文交流密切，莫须有的造假，很容易为人所识破，徒成笑话。

还是回到上面的话题，每个家族愿意拜何人为祖先，这并不关我的事。只是黄森屏的石碑还树立在那里，恐怕总有一些不明缘由的人要说我贪人钱财为人树碑立传吧？这种事情自古都有，连贤如韩文公的韩愈先生，都难逃被人讥笑的厄运，何况我？不过再仔细往乐观的方面想，我不像韩文公这样有"传道"的神圣职责，招致讥笑而延续至今。就我而言，这些闲话就随别人说去，慢慢地这些闲话也就越来越淡薄了。倒是那个石碑，恐怕不是一年两年内会蚀倒的吧？既然我的大名还在里面，与石块同朽，虽然是臭名，但是其得名的功能，总还要延续一两百年光阴吧？因此我还是要感谢黄氏家族的！

2　胡广：《勃泥国恭顺王墓碑》，(明)程敏政编：《明文衡·卷八十一》，《摛藻堂四库全书荟要·卷二万二百三十四 集部》，第1—5页。

师门杂忆

在大学里最值得我怀念的是我的老师们。教过我的老师很多,总该有好几十位。姑且挑来几位,聊作为自己老来闲而无事的往事回忆吧。

(一) 上本科时的一位男老师

老师是要给学生上课的,怎么样才能上好课,是一门大学问,很少有人说得清。教育的管理部门、学校里的规章制度,也都想方设法希望提高教学质量,让学生们早日成才、多多成才,服务社会。

记得二十世纪九十年代初,学校为了提高教学质量,鼓励学生积极参与,颁发了一个新的条例:每个学期之末,必须由学生来评鉴任课老师讲授的优与劣。如此一来,就有些乱了套。有些对学生要求比较严格的老师,被评鉴的分数往往不是很高;有些教学成效低劣但是分数给得大方的老师,被评鉴的分数却很富足。进一步发展下去,有些教学科研均乏善可陈的老师,索性发挥自己的"自知之明",事事迁就、讨好于

▷ 上大学时的教室
（集美楼）

学生，试图博得同学们的同情，取得脸面上过得去的评鉴分数。

这些老师是否能够博得同学们的同情，不得而知。但是，如果要讲到老师上课之严厉，我倒是遇到一位，令我终生难忘，不时地要想起他。这是我上大学二年级时的事，课程名为"中国近代史"，任课的老师姓林，尊讳其泉，出奇地不苟言笑，天生一副庄严肃穆的样子。第一节开始，第一句话是介绍自己的大名。第二句话是："书本收起，考试！"我虽然是1977年初进校，其时"文革"遗风尚有残存，对于课堂考试，同学们都陌生得很。老师冷不防要搞突然袭击，同学们一阵骚乱。考试题目下来，是"简述毛主席《中国革命和中国共产党》第一章《中国社会》的内容"。毛主席著作虽然是大家要读的，但是谁也没有想到毛主席的著作里面有什么跟中国历史学紧要关联的地方。答卷收上去，白卷居多。林老师大发雷霆，不苟言笑的脸上泛起了青波。臭骂完毕之后，放下话来：下次再考！

林老师的这段严厉折腾，给我们全班同学留下了永不磨灭的印象。从此以后，每当我们在校园里面行走，眼尖的同学发现远处的林老师，大家都要赶紧通报，绕道而行。多年以后，班里的同学聚会，谈天说地，记起此事，依然心有余悸。

三十年过去了，我忽然发现，在我的所谓专业上，除了导师傅衣凌先生的影响无可替代之外，这位不苟言笑、庄严肃穆的林老师给我的教训，却能不时地涌上我的心头。因为，自从那次考试之后，赶紧向圣贤们学习一次，"知耻近乎勇"，我还着实十分认真地把毛主席的这篇文章读了好多遍，弄到最后几乎可以背诵如流了。

在二十世纪下半叶，要端好历史学的饭碗，缺了毛主席的这篇文章，一切无从谈起。虽然说二十一世纪的历史饭，可能不必如此单一执着，但是，这位严厉的林老师的考试，却让我平平安安地度过了这三十余年的历史学时光。去年，学校要我这古稀老人重新给本科生上点课，在与年轻同学的交谈中，我提起毛泽东同志的这篇文章。可惜的是许多同学并不了解，真是此一时彼一时了！

这位林其泉老师虽然上课的时候不苟言笑，严肃至极。但是自从我毕业留校工作之后，我和林老师也就成了同事，前后共事近四十年。在长期的接触请教之后，才发现这位林老师其实是难得的天真烂漫、直率无忌之人。正因为这样，他每看到一些不甚端正的事情，总是难于隐忍，常常借笔抒发自己心中的愤懑与讥讽。比如说，从上一世纪以来，汉字中的"该"字特别吃香，尤其是在政府以及其余各种单位的公文中，"该"字出现的频率奇高。当时这个"该"字的意思，大致等同于"这个""那个"，比如"该同志""该老师"，就是"这个同志""那个老师"。如果按照简化汉字的大趋势，也算是省去了一个字。

用"该"字省略掉"这个""那个"的一个字，这本来也没有什么不好。问题是后来这个"该"字越来越泛滥，在一纸公文里面，往往"该"

不胜"该",令人心烦。林其泉老师看不下去了,写下了一首打油诗。时间太久了,我也记不周全,不过大概意思是不会错的:

一个文件十个该,
不该之处到处该。
该人该事该文件,
如此该该太不该!

最近这些年,"该"字有些不太吃香,有逐渐退出江湖的趋向,年轻的朋友可能对于"该"字这个文字掌故不甚熟悉了。但是于我而言,这不仅仅是一个文字的笑话而已,而是深深地存留着我对老师的一种永久的记忆。

(二)上本科时的一位女老师

林其泉老师是货真价实的男老师,为了贯彻男女平等,下面回忆一位女老师。

大概是祖上稀缺读书人的缘故吧,我从小就对有学问的大学老师深怀敬慕。然而身处穷乡僻壤,未由获见。最先见到大学教授消息的,是来自电影故事片中的形象。这里面的男教授,一般都有一头梳理得井井有条略带光亮的美发,上身穿着整洁的毛背心或开胸的毛衣,手上再配一柄烟斗;女教授的头发微卷,或银丝或秀青,身上穿着的则是街面上难得一见的典雅服装。总之,一见其表,就知道浑身都是学问，不能不让人顿生特别的向往之心。

电影里面的教授人物，虽然十分的尊严典雅，但是余生虽钝，也知道这是"艺术的加工"，真实世界中未必如此足赤黄金。到了七十年代前期的时候，我居然在一部忘了名字的纪录片中看到了真的大学和教授。而且这座大学竟然就是我现在赖于吃饭的厦门大学。

纪录片中有两个镜头使我印象深刻：一是有一位脑袋奇大的教授在梯形教室里授课；二是有一群漂亮的女大学生在建南大会堂载歌载舞、飞凤蹁跹。这两个"慰情聊胜无"的镜头，让我大为兴奋，虽然银幕中的大头教授和美女大学生可望而不可即，但是毕竟比那些"艺术加工"的教授们大大走近了现实一步。后来我真的进了厦大，经过一番考实，这位脑袋奇大的教授就是鼎鼎大名的汪德耀先生。至于那班翩翩起舞的美女大学生，就无从查考了，遗憾之余，也只能"芳尘依稀旧梦中"了。

1977年，我进入厦门大学历史系读本科，无须费相思，教授们就在我的面前。无奈其时刚刚经过大学老师比较倒运的年代，眼前活生生的情景让我大吃一惊：大学老师俨然是一群饱受风霜的劫后俗汉子，全然没有电影屏幕中尊严典雅的模样。系里的老师给我们上课的时候，无不尽心尽力，倾囊相授，然而生计困顿，笑靥难掩菜色。老师的菜色很让我灰心丧气，干脆实话实说吧：我上大学的本意并没有怀有大家所朗朗上口的"鸿鹄之志"，而是希望能够借助上大学的机会而改善自己的生活处境。老师如此，读书的前程可期可知。这样一来，听课的时候就难免有时会"二三其心，临阵叛戾"了。

忽然，有一天，新的课程开始，教室了来了一位中年女教师陈兆璋教授。微卷的半白半黑的头发梳理得优雅大方，整洁的衣服明亮得体。尤为让我惊讶的是这位女教师走路的姿态是那样的舒缓沉着、满脸堆

▷ 读大学期间的厦门大学人类博物馆（历史系办公室在其三楼）

笑，授课的声调是那样的击节抑扬、沁人心扉，就连那黑板上的板书，也都排列地错落有致、层次分明。这情境，这书香，我从来没有消受过。我怀疑，此景只应天上有，校园哪得几回见？银幕中的教授形象居然在此重现，我以往顽劣的心绪顿时清静了下来，几节课下来，就真的有如古人所言："光庭在春风中坐了一月。"师者，人之范也。现代著名教育家张伯苓先生曾为大学立有《容止格言》云："面必净，发必理，衣必整，纽必结，头容正，肩容平，胸容宽，背容直。气象勿傲勿暴勿怠，颜色宜和宜静宜庄。"朱熹等宋儒主张格致修齐、正心诚意，万世学者之准程，陈兆璋先生身体力行，正此之谓也。

大学毕业后，由于专业的歧异，我向陈兆璋先生请益的机会逐渐少了下来。之后再由于自己琐务缠身，惶惶度日，连见到陈先生的机会也不多了。从学生和同事那里了解到，陈先生依然坚持在教学的课堂上。随着年龄的增大，体力也大不如以前，有时上课的时候，不得不坐在椅子上讲授。虽然如此，依然德音孔昭，一丝不苟。其优雅从容的师范，熏染着一届又一届的学子。

我心中的韩国磐先生

人在落后的农村"农业学大寨"久了之后，不免有些变傻起来，对于世上的许多事情，知之甚少。1976年与1977年之交的时候，我被莫名其妙地推荐到厦门大学历史系读书，惊喜之余，心中也有疑惑：历史系是要读些什么？是否有"马尾巴的功能"之类的东西？偏僻的山区农村无从请教，隐隐约约感觉到历史系里要学的东西，大概跟前两年盛行的"批林批孔"有些关联吧？如果是这样子，托党的福，自己多少还是有些根底，想必到了学校，跟人家喊些革命批判的口号，总是可以的。

到了学校才知道，原来在历史系里要学的东西，是十分堂皇的"历史科学"。这样一来，原来的那些根底就毫无用处了，只有硬着头皮跟着学。心中暗暗思忖：所谓"科学"，总有深与浅之别吧？但愿系里老师教出来的东西，都是浅一点的货色，这样或许就比较容易蒙混过关了。

不过很快就感觉到形势不对，先我们进校的学长自豪地教训我们：你们可要好好努力读书，我们历史系里有赫赫有名的"傅韩"金字招牌，不仅是厦门大学的宝贝，也是我国历史科学的宝贝。你们可不能坠了"傅韩"二位金字招牌的名头！听到这个令人自豪的消息之后，我知

▷ 八十年代傅衣凌、韩国磐、陈碧笙、韩振华等先生接待贵宾

道要蒙混过关是不太行得通了。经过激烈的思想斗争，脑子里突然冒出在"文革"期间竟也比较流行的一句苏东坡的名言"强将手下无弱兵"。既然蒙混不了，索性豁出去，说不定哪天应了苏东坡的这句名言，自己也成了"无弱兵"中的一员。

脑子这么一转弯，心情果然转忧为喜。接下去的事情，是进一步打探"傅韩"金字招牌的底细。所谓"傅"者，就是傅衣凌（家麟）教授；所谓"韩"者，就是韩国磐教授。这两位教授，都是研究中国经济史的著名学者。傅衣凌教授尤以研究明清社会经济史闻名于世，韩国磐教授则以研究魏晋南北朝、隋唐历史而为学界所敬仰。

"傅韩"金字招牌既然已经了解清楚，我一边不得不静下心来认真读书，一边则暗暗祝愿傅、韩二位"金字宝贝"，一定要长命百岁，指引护佑我们一路前行，不要成为"弱兵"。以情以理，既然是自家的宝贝，当然是要善加永存、越久越好的。

但是很快传来不好的消息。韩国磐先生前不久罹患了癌症，身体十分虚弱，处在风雨飘摇之中。在那个年代，罹患癌症是一件十分让人揪心的事情。虽然那时我们一般的本科学生，没有什么特殊的事情，是不好随便去拜访韩先生的，但是作为我们"心中的偶像"，我们也都十分忧心。万一韩先生有什么不测，对于历史系和我们来讲，不啻璧缺其双，泰山就这样崩坏吗！

好在天佑我系，韩先生的病情有所稳定。1978年之后，傅衣凌教授和韩国磐教授开始招收我国最早的"中国经济史"专业的硕士研究生。我也混厕其中，成了厦门大学历史系中国经济史专业的硕士研究生。其时学校为傅衣凌先生落实政策，任以学校副校长之职，加上与海外的学术交流逐渐恢复开展，致使他老人家忙得不可开交，东奔西走，抽不出时间来给我们多上课。上课的任务，反而落到身体衰弱、摇摇欲坠的韩国磐先生的身上。

鉴于韩先生衰弱的身体状况，请他来学校上课，非得大动阵仗不可，还是由我们这几位学生前往韩先生的家中去听课比较现实。韩先生一直住在距离学校有数里之遥的鼓浪屿海岛之上，房子是原日本人的物产，抗战胜利之后归属于厦门大学，其中一部分就成了厦门大学教师的寓所。大清早，我们整装集合，从厦门大学大南校门的公交站乘车到轮渡码头站，再从轮渡码头换乘轮渡航船前往鼓浪屿码头，从码头步行约十分钟，就到了韩先生的寓所。寓所在房子的二楼，我们轻轻地敲门，出来开门的照例是韩师母，韩师母的和蔼笑容，是我们终生难忘的。我们每星期到鼓浪屿上课一次，课程为一个学期、二十四周。

韩先生的寓所是日本和式的，正规中国式样的桌椅摆设起来，有时显得突兀多余。于是我们大家或席地而坐，或坐在门槛上，或坐在小椅子上。韩先生则坐在一把旧藤椅之上。这样的课堂布置，虽然不太符合学校对于教室的规定，略嫌散漫，但是少了几分拘谨，倒有些类似于古人"游于缁帷之林,休坐乎杏坛之上"的意思。师生们问答之间,恰如家人的聚谈一般。

来到韩先生的寓所并且坐定之后,我才第一次认认真真、实实在在地认识了这位我所敬仰而又揪心的"金字宝贝"。韩先生罹病之后,身体十分清瘦,也十分虚弱。每讲授几分钟,都要稍稍歇一会。尽管如此,他那温文儒雅的气质,却时时地感染着我们。再有,当时我们厦门大学的老师们,大致有一半是福建人。福建人素以讲"鸟语"著称。学校里福建籍的老师,较少接受过严格的普通话训练,课堂用语,大多是"土洋结合"式的,闹得很多外省籍的同学,经常听得一头雾水。韩先生是苏北人,从小受过严格的蒙学教育,能操一口甚为纯正的普通话。韩先生的讲课,句句都能植入我们的脑海,真恰如清澈的甘泉,沁入我们的心田。

刚刚上课的时候,一方面担心老师的身体,另一方面从心里对老师仰慕已久,我们这几位学生,无不摆出毕恭毕敬的样子。但是这种毕恭毕敬的氛围,很快被韩先生和韩师母打破了。每逢上课的日子,韩先生就指挥师母烧水备茶,还要有饼干糖果等等的点心。我们进门之后,第一道程序就是喝茶吃点心,而且是非喝、非吃不可!韩先生虽然身体不好,但是提着师母泡好的茶,是要一一给我们续水的。看着韩先生巍巍颤颤的身子,我们想不喝不吃是绝对不行的。索性谨遵圣人的教导"以顺为孝",大大方方地喝茶吃点心,师生之间的交流顿时活络了起来。过不了两周时间,我们每遇到要去鼓浪屿老师家上课之日,好像过节一样。不知从什么时候开始,大概是新世纪吧,高档一点的会议,中间总要插上一个"茶叙"或"茶歇"的环节,桌子上摆上各种茶水和点心,供参会者自选享用。也许是自己年龄开始大起来的缘故吧，对于这些丰美的"茶叙"和"茶歇"，我总是食欲不高，总感觉这一辈子所吃喝过的茶和点心，韩先生家备的是最精致可口的。

不过，任何事情都是有两面性的。我们上大学的时候，国人普遍穷困，大家只顾温饱，难及其余。所以我们几位同学，平常口渴了就喝白开水，竟然没有一人在此之前有喝茶的习惯。韩先生的盛情，却在不知不觉中勾起了我们喝茶享受的内在需求。我在上大学之前的老家，是以茶叶闻名世界的武夷山，自己浑然不知家乡有如此聚山川之精华的珍茗奇茶。经过韩先生家的见习之后，我决定把自己喝茶的潜能发扬光大，首先从老家购得一些好茶，好好享受起来。家乡的朋友同学们得知我有此好，不时也要搜罗一些好茶馈赠。如此日积月累，我的茶瘾不断培植，如今每天不喝它几杯浓茶，总觉得昏昏沉沉，提不起精神。继而是朋友同学馈赠的茶叶越来越多，自己享用不完，分送给自己的学生和朋友辈。这一举动，我自己认为也是从韩先生请我们学生喝茶吃点心那里演化过来的，只往下送不往上送。这样赠送还是送不完，我现在家里的茶叶藏品，依然很多，恐怕是中国历史学界同仁们所难于望其项背的吧。

话扯远了，还是回到上课的事情。韩先生教授的是文献学，这门课程对于我来说，是地地道道的及时雨。我在小学和初中阶段所就读的学校，都是相当简陋和偏僻的。初中尚未毕业就躬逢"文化大革命"，回乡种田十年之久。1977年3月进厦门大学读历史专业仅两年余，就转到中国经济史专业来读硕士研究生。要说中国通史的一些表面知识，不外是在本科的两年时间里囫囵吞枣了一些，外加"批林批孔"期间跟人家振臂高喊了一些口号。至于"文献学"，闻所未闻。

韩先生的授课没有讲义，他娓娓道来，全凭他数十年来的学术积累，从先秦时期以迄民国时期的中国典籍文献的演变历程，简明扼要地展现给我们。至今数十年过去了，现在回想起来，我的历史文献学的基础，就是这样在韩先生的教诲之下建立起来的。我现在只要一接触到古籍书本，心中自然而然地显现出韩先生授课时的形象。久而久之，扩而广之，我对中国历史文献学有了一个极为固执的偏见。我曾经不止一次对我的博士研究生们讲过这样的话：一个博士研究生的博士学位论文写得好不好，固然是衡量这位博士研究生学业成绩的重要依据，但是我认为一位博士研究生培养得成功与否，真正的关键点，是他能否得心自如地寻找和运用中国浩如烟海的文献史料。我的这种培养博士研究生的偏见也许不足为训，但是韩先生以脆弱之身坚持为我们讲授文献学，给我留下的印记，是无法磨灭的。

古人云：仁者寿、智者乐。托老天爷的保佑，罹患食道癌的韩国磐先生居然奇迹般地健行了下来。从七十年代末韩先生给我们授课以来，韩先生依然以他的脆弱之身，在历史学学术研究道路上奋斗耕耘了二十余年之久，发表以及整理出版了一系列的重要著作。今年是厦门大学的百年校庆，厦门大学的校训是"自强不息、止于至善"。在这厦门大学百年荣光的时刻，我记忆中的韩国磐教授，不正是"自强不息"校训的默默践行者、奉献者吗？

往事知多少，应在笑谈中

在中国的文艺作品中，特别是电影作品中，大学里的教授的模样，一定是文雅瘦弱的，而且大部分都戴眼镜。从来没有见过电影里的教授模样，是五大三粗，甚至肥头大耳的，好像五大三粗或者肥头大耳的模样，断然装不下什么知识学问一类精细的东西，而文雅瘦弱的模样，才与精深的学问知识相互匹配。譬如从六十年代电影《停战之后》中描写的四十年代北平燕京大学的教授，到七十年代"文革"期间反映大学改革的电影《决裂》中讲授"马尾巴的功能"的教授，都是如此文雅瘦弱并且戴着眼镜的。到了八九十年代，某个电影摄制组到厦门大学取景拍电影，需要一位扮演教授角色的临时演员。其时厦门大学的教授虽然还比较稀有，不似现今这般繁荣昌盛，校园里面遍地都是、俯拾可得，但是数十位正教授总还是有的吧？但是奇怪的是，电影摄制组的导演、制片人等，别具只眼，就是看不上这数十位货真价实的教授，出奇地慧眼识英雄，在厦门大学机关单位中，挑出一位外貌文雅瘦弱且带着金丝眼镜的办事员老者来担当教授的角色。虽然从知情者眼里，这位教授多少有些冒牌，但是电影放映之后，还真是清水出芙蓉，老办事员将有着文雅瘦弱气质的教授角色扮演得分毫不差。

如此看来,郭志超兄真算得上是中国教授中的异类了。志超兄比我年长三岁,进厦门大学的时间却比我迟一年,因此之故,既不像兄长,又不像弟弟;反过来,既是兄长,又是弟弟。无奈之下,干脆都拔高一级,互为兄长称呼。尽管如此,我们读了历史课程之后,考古证今,这样的互称兄长,倒也符合我们国家的优秀传统文化。

我和志超兄的称呼名分虽然早早定了下来,但是萦绕在我心中的另外一个特大的疑问,却迟迟无法开口。那就是志超兄的外貌特征,实在符合不了文艺作品中教授的应有模样。志超兄一副尊容玉体,是典型的五大三粗,多少也称得上是肥头大耳。在接受多年的文艺教育渲染之下,我们大家都知道文学与电影作品之中的各色形象,是"源于生活、高于生活"的,教授的形象文雅且又瘦弱,一定是八九不离十的,即使有些偏差,也不至于弄到五大三粗、肥头大耳的份上。那么志超兄肚子里蕴藏的学问,究竟是怎么修炼出来的?这一极其重要而且困扰我多年的问题,一直到我们二人年过花甲时,我终于找到一次机会,贸然问了他。志超兄先是大笑一阵,稍停一会,又微微笑了一阵,终于还是没有给我一个正面的回答。但是志超兄的这一阵大笑和一阵微笑,给了我极大的安慰和启迪。数十年相处下来,志超兄的重行实干,不正在这答非所问的大笑和微笑之中吗!

我和志超兄虽然都是毕业于厦门大学历史系,但是后来各自从事的专业还是有所不同。我主修明清两代的历史,志超兄攻读本系民族学和人类学的硕士学位,毕业后留校从事民族学和人类学的教学和科研工作。俗话说,隔行如隔山。我们虽然都在同一个系里工作,但是由于专业上的差异,各自在教学和科研上的交往毕竟不多。只是知道志超兄逐渐在民族学和人类学领域里脱颖而出，从讲师而副教授而教授地不断前行拓展，最后作为学科带头人，承担起厦门大学人类学研究所、人类博物馆负责人的重要责任。1999年，厦门大学的领导们决定把文、史、哲以及民族学、人类学、社会学等这些穷得响丁当的系所专业，外加刚刚成立不久的新闻传播专业凑在一块，成立了人文学院。其时我还算得上"年富力强"，被学校任命为人文学院首任院长。如此一来，志超兄的人类学研究所和人类博物馆，同样归属于人文学院。我和志超兄因为工作上的关系，彼此的交往重新活络了起来。现在回想起来，我们的关系重新活络起来之后，志超兄麻烦我的地方较少，但是我倒是不时地要借重于志超兄。套用一句俗话，还是我占了便宜。尤其是有一件事，至今总是感到很对不起志超仁兄！

九十年代末，云南省社科院院长、著名的民族学家何耀华先生主编出版《中国各民族原始宗教资料集成》，全书多达数十卷，笼括了我们国家所有的少数民族。其时我和何院长都是国家社科基金的评审委员，每年五六月间，都要集合到北京参加评审。一天，何院长来到我住的房间找我，说是《中国各民族原始宗教资料集成》还缺了"畲族卷"，因为找不到合适的撰写人员，漏了一个大大的缺口，实在遗憾。你们厦门大学民族学团队素以研究畲族史著称，能否承担起《畲族卷》的编写工作？我当时头脑一热，想起这是人文学院的时期，事关厦门大学的荣誉，当时毫不犹豫地答应下来。回到学校之后，才领悟到轻率为事的麻烦。思前想后，只能去拜托志超仁兄了。志超兄有一个匪夷所思的习惯，就是从来不接电话，一般的交往，只能通过电子邮件。我通过电子邮件把此事告诉了志超兄，并且希望他能够挺身而出，明年此时帮我把面子上的事情糊过去。次日志超兄的邮件回复了六个字："支平兄，请放心！"

志超兄的回信很大方，但是在我的内心实在不放心。如此简略的回信，该不会是虚与委蛇、礼貌之言？再说，与志超兄的联络又是如此不便，其秉性又讨厌别人啰里啰唆，我自然再也不好多问。心中暗暗备下第二方案，下次再见到何耀华院长时，列举出诸多理由，还需要诸多时间，总之必须精益求精、一再打磨，磨到何院长的希望之光熄灭为止。

一年过去了，正当我费尽心思寻找借口以便再过几天到北京与何院长会面时冠冕堂皇地应付时，突然收到志超兄的邮件，请我明天在办公室等候他来交稿。志超兄的邮件让我一个晚上不能睡好，真正是"辗转反侧"！第二天一早我来到办公室，志超兄已经在这里等候了。他笑吟吟地给我一个电脑优盘，告诉我总共有四十余万字。面对着志超兄的笑吟吟，我实在讲不出任何的感谢之言，干脆向他学习，也来个笑吟吟！

过几天，我到了北京，把添写了"前言"的优盘交给何院长。何院长大大夸奖了我一通。我也当仁不让，向他诉说去年此时领得任务回去，是如何重视，如何敦请出郭志超教授，组织精干强大队伍，上下一心，日夜抓紧，幸不辱命之类的场面话语。脸上的金箔贴了不少，确实感到很有面子。场面话过之后，再交代一些具体的事情，是全书的主编署名："郭志超、陈支平"；书稿校样出来之后，请直接与郭志超教授联系，等等。

自从《中国各民族原始宗教资料集成·畲族卷》的优盘交给何耀华院长之后，我以为任务完成，也插不上什么手了，剩下的校对等具体事务就交给志超兄办理。这样又过去一年了。我再次来到北京，何耀华院长笑吟吟地把《中国各民族原始宗教资料集成·畲族卷》成书送到我的手上。我一看封面，主编的名字赫然变成了"陈支平、郭志超"。这一次，我笑吟吟不出来了。我知道一定是志超兄在校对完了之后，把主编的名字调换了过来！回想起此前志超兄把优盘交付给我时笑吟吟的景象，这笑吟吟的背后，大有深意，庶几孔子所言："君子欲讷于言而敏于行。""君子食无求饱、居无求安，敏于事而慎于言。"志超兄不愧是重于行而慎于言的信人也。

从表面上看，志超兄虽然是一位五大三粗的大汉，但是他的性格，以及他的大笑和微笑，却往往充满诗的意境。比如他对树木花草，恒有一种特别的怜惜之情。路边被废弃的树木花草，他在条件允许的情况下，不免要细加呵护栽培，助其重振生机，使之郁郁葱葱。如今，信人已逝世，他所手植在人类博物馆后门之侧的土玫瑰花树，依然四季开放笑绽。人文学院院长卸任之后，由于工作的变动，我现在办公的地点，恰好回归到我和志超兄刚入学时所在的人类博物馆。每当我走进人类博物馆的时候，那迎风开放的土玫瑰花，总是对着我们大家轻轻地微笑。这华姿、这微笑，这为我们永无休止散发芳香的土玫瑰花树，不正是志超兄的真实写照吗？因此，我格外地向往着这丛默默奉献的土玫瑰花。

福建人民出版社与我

今年是福建人民出版社七十华诞。从辈分上算起来,她的年龄比我还要大一点,因此算得上是兄长辈了。正因为是兄长辈,她的早期经历我就不甚了解,隐隐约约只知道在改革开放及我上大学之前,中国的各个省份以省均分,各摊得一家出版社,别无分号。到了改革开放以来,出版事业大发展。原先别无分店的各省人民出版社,不断滋生裂变,变成了好多家。单单靠一家人民出版社管不过来,各省也就纷纷成立了"出版集团"一类"高大上"的机构,以便统摄。

我这人最大的毛病,就是甘居下游。虽然说现今的出版社花样繁多、名目不少,但是从甘居下游的毛病出发,我还是比较敬仰和信赖老字号的"福建人民出版社"。

我之所以比较敬仰和信赖老字号的"福建人民出版社",是因为我跟福建人民出版社的因缘已经有近四十个年头了。二十世纪八十年代,别无分号的福建人民出版社是众多读书人心中的神圣之地,一般人,包括我在内,也不太容易在福建人民出版社里出版书籍。幸好我那时候研究生毕业之后,留在厦门大学工作,一边教书,一边给我的导师傅衣凌先生做学术助手。傅衣凌先生是著名的史学前辈,他的著作并不发愁出版的问题。不过也恰在这个时候,傅衣凌先生的身体出现严重问题,诸如与出版社打交道的种种问题,只能由我这个"学术助手"来代理协助了。这样到了八十年代中期开始,我与福建人民出版社就因傅先生的缘故勾上了关系。

记得当时与傅衣凌先生联系出版问题的编辑,是福建人民出版社的第一批编辑之一的李瑞良先生。傅先生与李先生商讨要出版书籍有两种:一是傅先生不久前从海外复印回来的明代叶春及编撰的《惠安政书》,另一种是傅先生承担的第一批国家社科基金项目《明清福建社会经济史》。《惠安政书》在福建人民出版社、惠安县地方志办公室的努力之下,很快就出版了。而第二种《明清福建社会经济史》,由于傅衣凌先生的不幸去世,写作班子军心涣散,未能卒稿。我虽为"学术助手",也无力挑起大梁。之后尽管和李瑞良先生忙了一阵,也就不了了之,至今不能如愿。

到了九十年代,无论是我们高校的学术队伍,还是出版社的编辑队伍,都进入一个更新换代的重要时刻。随着改革开放的深入发展,出版社年轻一代的编辑队伍,积极推进出版社的自身定位和出版方向等方面的转型。他们也把出版作者群逐渐向中青年队伍倾斜。在这样改革的当口中,已过不惑之年的我,也就理所当然地成了福建人民出版社的物色对象。于是从九十年代以来,我著作的、编撰的所谓学术书籍,就不断地在福建人民出版社中印行问世。先是《福建族谱》《福建六大民系与人文特征》,继之是《中国经济史研究丛书》《台海研究丛书》《闽南文化丛书》《闽南文化百科全书》《闽南历史文化概说》,以及《闽南涉台族谱汇编》一百册等等。再后来,一些杂碎式的书籍,如《史学碎想录》

《史学水龙头集》等，也都在福建人民出版社出版发行。以至到了今日，如果把出版的书籍堆在一起以高度论，在福建人民出版社的作者群中，恐怕就无人可以同我相为比肩的了！

回想起我与福建人民出版社的近四十年交往中，有三件事令我一直不能忘怀。

九十年代以来，虽然是出版社大展宏图的时代，但是出版社的定位转型和制度改革，却给出版社套上了莫大的经济枷锁。出版社不但要管出版书籍，把握好政治方向，而且还要管吃管喝，管好出版社所有员工的薪资奖金、生老病死。这样一来，全国各地的出版社，逐渐形成了一条不成文的行业惯例：要出书，先资助。换言之，作者要想在出版社里正式出版自己的著作，必须先筹备一笔款子，资助给出版社。特别是越是学术味浓厚的书籍，市场上的销路越窄，堆压在出版社仓库里，资金周转不了，出版社吃不消，无法仰事俯育，不符合改革开放的昂扬势头。而从作者这边看，更是惨不忍睹。好不容易全家省吃俭用，四方筹措，有了出版资助款，书籍出版了，书本拉回家，或是堆在家中徒占空间，或是一边当老师一边当推销员，向自己的学生推销自己的大作。大作没有推销几本，老师的声望却从此一落千丈。在我的身边周围，就有好几位同事有过这样的困境和尴尬局面。时至今日，网络上还不时有高校教授向学生推销书籍的丑闻被人讽刺。

令我扬扬得意的是，我在福建人民出版社出版过的所有书籍，出版社从来就没有向我索取过出版资助费用。不但如此，不少书籍还有数量不等的稿酬。从年轻开始，我就喜欢喝酒。男人如果喜欢喝酒或抽烟，非得配上一位好老婆不可，否则酒钱和烟钱没有着落，终于潇洒不起来。自从有了福建人民出版社的稿酬之后，我的酒钱就不用再找老婆啰唆了。潇洒有了自己的本钱。

第二件事情是，我在编撰《闽南文化丛书》和《闽南文化百科全书》的时候，《闽南文化丛书》有十四本之多，《闽南文化百科全书》的词条有数千个，邀约来参与这两本书的作者有好几十位，其中还有十几位台湾学者。作者队伍过于庞杂，这对出版社的编辑工作而言，是一件相当头痛的事情。编辑分别找各自负责的作者落实编辑问题，但是往往会与其他部分的编辑内容相互抵触、相互重复。本来，出版社的编辑出版程序，是作者交上书稿，出版社的编辑们坐在出版社的办公室里，边喝茶喝水，边修改稿子编辑出版。但是遇到我们编撰的这两本书，这种编辑做派显然是行不通的。在这为难之际，出版社的领导刘亚忠社长决定亲自带领几位编辑人员，其中包括年届古稀的资深编辑林玉山先生，进驻敝校，到我的工作单位国学研究院，现场办公、现场编辑。我也赶紧通知各位作者，务必尽力配合；台湾的作者，能够到位的也尽可能渡海赶来。就这样，一件看起来十分啰唆麻烦的事情，在不到一个星期的时间内，完满解决。高兴之余，我搬出我的老本行，大家美美地喝上一顿老酒，尽兴而归。

福建人民出版社的这种出版编辑做派，大概在国内出版业界中也是比较罕见的吧？因此，我们与福建人民出版社的联络，上至领导如刘亚忠者，下至一般的编辑人员，都有着很好的工作关系。记得出版社帮我出版《史学碎想录》的时候，负责编辑的是一位年轻的女同志陶璐。她对编辑工作之细致至今令人难忘。书籍出版之后，有一次她来厦门，还特地来厦门大学国学研究院看访我们。这虽然是件小事，但是总是会让人记得很久很久。

第三件事情是这两年发生的。为了促进祖国的统一，建构我们自己对于台湾历史文化的学术话语权，我在福建人民出版社和闽南师范大学的鼓励下，组织编写队伍，着手编撰《台湾通史》六卷本。这本书经过数年的折腾，终于于2020年底出版发行。从出版之后的各界反映看，还是相当正面积极的。大家普遍认为这套《台湾通史》的出版，体现了台湾历史文化学术研究的新高度，在一定程度上建立了我们自己对于台湾历史文化问题的学术话语权体系。但是谁曾知道，这套《台湾通史》在编辑出版中，遇到了前所未有的难处。我们这些类似于书呆子的撰书人，只知道埋头撰写、尽力为国家的统一大业做点事情而已。但是从后来的情景看来，这种想法实在过于简单。据了解内情的人士事后告知，也不知道是哪层管事的人员，说《台湾通史》是一个具有高度政治敏感性的学术选题，《台湾通史》的书稿必须经过专业权威认真审核才能通过。就这样，《台湾通史》书稿完成之后，如此这般的审核，竟然花费了三年多的时间。

领导的决定当然是完全正确的，我们该要操心的事情，是认真根据那班所谓专家的意见进行修改。汉代著名史学家班固在《典引》中说出这样的话："兹事体大而允，寤寐次于圣心。"话虽如此，我自己总感觉书稿的写作是为了促进国家的统一，政治的初衷肯定没有问题，因此对于领导的指示，一时还不能完全领会。我们的这种消极态度，让出版社十分头疼，最后还是由社长刘亚忠和总编史霄鸿两位先生亲自出马，反复奔跑于福州和厦门之间，苦口婆心，循循善诱，晓之以理，动之以情，"博我以文，约我以礼"，逐字逐句，反复推敲，终于修成正果。现在回想起来，我们当初的态度，真是有些对不住刘社长和史总编。好在大家都是好朋友，想必是一笑了之了吧！

我与福建人民出版社的因缘关系，还有好多好多的事情值得一

▷ 九十年代陈支平查阅整理搜集来的民间族谱

说。如今,我和福建人民出版社都进入年届古稀及年及古稀的份上了。福建人民出版社的年华自然是万古长青的,而对于我这个老朽而言,我最怕的事情是,每当遇到刘亚忠社长的时候,他总是要说上一句既让人感动而又令人担心的话语:你还有什么书稿要出版!

家乡感言

　　我离开家乡到外地谋生已经有近半个世纪了,那时家乡留给我的印象就是"穷",有"番薯当粮草"的恶评。但是家乡的父老乡亲们,似乎不像当今城里人那般擅长于怨天尤人,他们默默耕耘、辛勤劳作,无愧于天地,无愧于祖先,无愧于国家。

　　小时候听过父老乡亲们讲过两个家乡的故事,至今难以忘怀。一个故事大意讲的是家乡曾经出过一个大官,他小时候读书不认真,又急于求成,时时询问老师为何自己的文章迟迟不长进,抱怨老师不能给他一支"生花笔"。一日,老师拿来一大捆毛笔,对这位顽皮的学生说:"这里有一百支毛笔,其中就有一支是生花笔,但究竟是哪一支,我也辨别不清,你用这些毛笔写文章,写秃一支再换一支,如此一直写下去,定能从中寻得'生花笔',除此别无良法。"顽皮的学生按照老师的方法,每日苦读诗书,勤练文章。十余年后,他终于把这一百支笔写秃了,也成了闽中的著名才子(卢琦)。

　　另一个故事的大意是:古早家乡还有一个大官,小时候在邻村的私塾读书,每天早出晚归,家中慈母甚为牵挂,每当夜色来临,必至

▷ 少年时期的老家泉港"讨小海"

村口眺望伫候。孩儿趁夜归来，虽伸手不见五指，远望必有一盏红灯相随，风雨无阻。慈母深感安慰，知道孩儿日后必然成器，不负自己含辛茹苦。某日夜色漆黑如常，孩儿远远归来，不见红灯相随。慈母严杖孩儿，责问当天做何无德之事。孩儿跪泣良久，方悟今日为人写过休书。慈母命其明日务必索回，读书之人可为人写婚书而不可滥写休书也。次日孩儿遵命索回休书，夜晚归来，身边红灯相随如故。后终成为有德名臣（王忠孝）。

现在赶时髦的人，一定会认为这两个故事太过时了，但是我的感受则不同。家乡的祖祖辈辈，也许正是秉承着对于道德的坚持和不懈的努力，才能够在这块贫瘠的土地上，开创出美好的家园。因此。到了今天，我依然十分喜好家乡的番薯、咸带鱼，以及那些不知道大名的既可以当肥料沃田、又可以腌制佐饭的古怪的小海鲜。

少年杂忆

我出生在二十世纪五十年代初期,也就是属于自豪的一代,"生在新社会,长在红旗下",新中国成立之后所发生的事情,大多是亲身经历过的。可惜的是,在出生后的头几年,自己都弄不清自己是什么模样,所以也就没有什么记忆。等到五六岁之后可以开始记事了,又可惜的是自己始终是一个下里巴人,国家大事轮不到我等来管,也毋庸我等来管。这样一来,我能记忆起来的东西,还是属于下里巴人身边的小事。

(一)灭除四害和大炼钢铁

现在印象比较深刻的是,五六岁时遇到了我们国家提倡"灭除四害"的时候。"灭除四害"是全民运动,人人有责,我就有幸能够积极响应党和政府的号召,参加到一场这么伟大的国家社会运动中来。

首先是灭除麻雀。抓麻雀和杀麻雀的事情,像我这么大的小孩还干不来。我能够力所能及做到的事情是驱赶麻雀，尽力把麻雀们驱赶扰乱得心烦意乱，最后落入大人们设置好的圈套之中，一举予以歼灭。记得当时父母给我一个二三十厘米见方的破铁皮油桶，左手拿着这个破铁皮油桶，右手拿着一根棍子，边喊边敲，果然把麻雀吓得不轻。

破铁皮桶敲了几天之后，大概麻雀们也见多识广起来，这玩意没有什么可害怕的，就像田野上的稻草人一样。为了提高敲破铁皮桶的功效，我决定爬到高处，从高处震慑麻雀。这天，我提着破铁皮桶，往一处尚未建造好的三层华侨楼房上攀爬。我妹妹比我小两岁，父母上田里干活，她自然是跟在我后面，她既需要我照看，又成为我的跟班。我往上攀爬的时候，她也跟着往上爬。那时毕竟年纪小，力气不够，只顾着攀爬，一不小心，破铁皮桶从我手上掉落了下去，正好砸在我的跟班妹妹脑门上，妹妹顿时血流满脸。我那天的结局可想而知，父亲狠狠地揍了我一顿。我也知道自己闯了祸，咬紧牙关任由父亲责罚。

被父亲责罚的疼痛很快就过去了，但是我一直到现在，对我妹妹总怀有一种深深的愧疚感。因为破铁皮桶把我妹妹砸伤的地方，后来形成了一处疤痕。而脸上的疤痕对于一位女孩子来说，无疑是永久的伤痛。毕竟，脸面对于女同志来说，是人生当中的重中之重。幸好妹妹是个豁达的人，没有怎么往心上去，时至今日，我依旧当哥哥当得好好的。

接下来是对付苍蝇和老鼠。1958年我上小学之后，第一个暑假（当时是春季入学的）时，老师布置作业，不是什么语文、算术这样的课文作业，而是交代所有的学生，下学期到校报到注册时，每人上交两个火柴盒的死苍蝇和两条老鼠尾巴。老师考虑得周到，老鼠死了会发臭腐烂，不宜保存，老鼠打死之后，把老鼠尾巴剁下来，就没有发臭腐烂的问题。我们都是生长在农村，完成这两项暑假作业，理应没有问题的。

▷ 小学毕业证书

但是事情总是有意外。有一位同学看到村里屋外茅厕中，苍蝇特别旺盛，他就打定主意，毕其功于一役，准备把这间茅厕中的苍蝇一网打尽，以完成两个火柴盒装满苍蝇尸首的任务。大概这位同学过于专心了吧，脚下一滑，苍蝇没有打着，自己掉进了茅坑之中，浑身沾满了粪便水尿。在当时的农村，掉进粪坑是一件很没有面子的事情，同学们都拿这位同学来寻开心，取笑他。这位同学也自认晦气，抬不起头来。可是万万没有想到的是，秋季开学的时候，同学们把苍蝇和老鼠尾巴如数或者超额上交，老师们只是轻描淡写地夸奖几句；而对这位掉进粪坑的同学，老师却大加褒奖，说是为了"灭除四害"不怕苦、不怕累、不怕臭，精神十分可嘉。

上交苍蝇尸首时，这位同学受到表扬是实至名归，其他没有掉进粪坑的同学，表扬虽然比较淡薄一点，但是至少没有人受到批评。但是在交老鼠尾巴时，就有几位同学受到严厉批评和处罚。捕捉老鼠是有一定技术含量的工作，捕捉家鼠一般需要工具，如老鼠药、老鼠夹、老鼠笼等，用老鼠药和老鼠夹捕捉的老鼠一定是死的，使用老鼠笼捕捉的老鼠往往是活的。而到野外捕捉田鼠，则采取灌水的办法，所捕捉的老鼠，死活参半。这几位同学捕捉到活的老鼠之后，可能没有认真领会老师的良苦用意和政府消灭"四害"的部署精神，只记得剁老鼠尾巴，尾巴斩获了之后，老鼠反而被释放了。老师们相当生气，说这几位同学没有完成暑假作业，勒令回去重新捕捉，下次来校时，必须交上老鼠的全尸，才能作数。

说到同学打苍蝇打到粪坑里去的事情，到了六十年代即我上小学四五年级的时候，这种奋不顾身的光荣作风，得到进一步的发扬光大。其时全国号召学习雷锋好榜样，还宣传掏粪工人时传祥的感人事迹，小学里也热火朝天，开展向榜样学习的行动。可是小学毕竟是小学，不可能整天跑到外面去做好事，那就在学校里做吧。比如清理卫生扫厕所什么的事情，明明用扫把打扫和用清水冲洗可以完成的任务，为了表示正在努力向雷锋和时传祥等同志学习，非要放弃清洁工具，改为徒手作业。粪坑里的积粪，只有用手掏出来，方显得实心实意。在榜样力量的感召之下，这样的徒手作业，同学们争先恐后。我也不甘人后，实践了好几次。每次徒手作业之后，老师们照例表扬一番，大家无不感到莫大的安慰和满足，终于向雷锋、时传祥等光辉榜样学到了一点东西。事情过了这么多年，可以说是被读书害的，只从学习了马克思的唯物史观之后，忽然发现小学时代放弃工具而徒手去掏粪的行为，差不多倒退到原始社会甚至更早一些的时代，那个时候工具大致还没有发明出来吧！

1958年，也是"大炼钢铁"的火红年代。虽然我们是一群小朋友，为了赶美超英，学校交代也应该为"大跃进"做些贡献。这贡献之一，就是出去寻找破铜烂铁。那时公社的领导规定，每家每户只能留一个铁锅，多余的都要捐献出来，作为大炼钢铁的原材料。大人们已经把家里

▷ 少年时期老家的古宅祖厝

的破铜烂铁搜刮殆尽,何况那时的贫下中农们,家里大部分穷得响丁当,形容为家徒四壁也不为过,实在没有什么可以让我们这群小学生们捡漏的。但是在我们这群小学生里面,绝顶聪明的人还是有的。有一位同学发现他自己家里留下来的唯一一口铁锅,本来就是破的。现在看来,铁锅破了就无法使用,但是在那个年代,穷则思变,社会上滋生出走街串巷的补锅、补碗的手艺人。这位同学家里的铁锅,就是经过补锅的手艺人修补之后的。这种修补之后的破铁锅,往往无法完全阻断漏水。幸好我们老家的主食有大麦粉的成分,刚刚开火煮饭的时候,破锅滴滴答答地漏,煮了一会儿,大麦糊起来,微小的漏缝被堵塞了,终于不漏了。可是我们的这位同学的家境似乎比我家还要差一些,破锅的漏洞越来越大,最后连补锅匠也无计可施。我的同学看此情景,灵机一动,与其让它整天漏个不停,还不如让它参加社会主义建设,赶美超英。于是用一块大石头把破锅砸得稀巴烂,兴高采烈地交给学校。这下苦了他父母亲,家中只有这口破锅,那时还没有流行铝锅一类的轻便炊具,只好把家里用于腌咸菜的土陶罐清理出来,勉强应付一下。这样一来，我的这位同学，家里又倒退到铁器发明之前的上古陶器时代。

我们大多数同学没有如此聪明，因此也交不上什么破铜烂铁。学校改变策略，不再号召同学们寻找这些东西，转而号召同学们搬来小石头，准备参与建造炼钢的高炉之用。这个决定很英明，同学们每天上学时，随身都要带上两三块石头。可惜我那时家贫营养不良，个子长得格外瘦小，搬不动这些石头，幸好有妹妹可以指挥，每天上学之时，勒令妹妹跟我一起抬着两块石头去学校。妹妹愤然向母亲告状，母亲听说之后，干脆自己挑着一大担石头到学校去交差。这次学校把我表扬了一通，托母亲的福，我也就当之无愧了。

（二）校长的耳光

近年来，国人的维权意识空前高涨，尤其是对于小朋友和小学生，倍加呵护，小朋友和小学生成为全社会的宝贝中的宝贝，不能有任何的差池。如果哪里出现虐待打骂小朋友和小学生的事情，那么当事人立马成为全民公敌，过街人人喊打。

不过现今小朋友和小学生社会地位之高，是经过了长时间的历史演变而形成的。我们从鲁迅先生的著作中可以了解到，一百年前，打骂学生是教书育人的一个不可或缺的环节，打学生的戒尺是老师们执教的必备教具之一。到了我当小学生的时候，已经是新社会了。传统优秀文化中的打骂学生，有些不合时宜起来，老师打骂学生不是必备的教学内容。但是至于还能不能打骂学生，要不要打骂学生，不知道上面有没有明确的规定？我所读书的小学，大概是当时中国最落后的学校，连同校长在内，所有的老师都不是正式教员，属于临时工性质，故而这所学校被称之为"民办小学"。在这样的学校里面，所有的新潮行动，都要比那些正规的学校慢上一大拍。关于老师打骂学生，似乎是没有要停止的意思。我们每一位学生，受到传统优秀文化的熏陶，心里也都有接受老师打骂的思想准备。

有了这样的学校背景和思想意识，我们的校长就要堂而皇之地在适当的场合打骂学生了。不过时代毕竟在进步，校长同样意识到这一点，因此他的打骂学生，还是比以往的传统做法有了新的改进。这种改进主要体现在老师打骂的主体之上。以往老师惩戒学生，是由老师亲自动手的。而我们这位校长打骂学生，一是喜欢打耳光，不用戒尺；二是经过改进之后，校长打骂学生从来不自己亲自动手，而是请学生们代劳。比如，校长看到甲同学不遵校规，需要惩戒，那么就请班里某位读书比较好的学生来执法，根据校长的指示，需要打多少次耳光，对甲同学如数进行。

校长如此改革执法打骂学生，至少有两大优点。一是避免了老师和学生的直接面对，减少了尴尬；其二是由同班同学执法，大家都是小学生，没有多大气力，执法的力度还是有限，断不至于造成学生身体的严重伤害，有利于保护学生身体健康。

现在如果某个学校出现体罚学生的事情，那么受到体罚学生的家长们，一定是全家出动，且动员亲戚朋友，一起到学校讨要说法，有的还要请来媒体记者、律师什么的唯恐天下不乱的人士前来助阵，事情不闹得天翻地覆是决不罢休的。但是在我做小学生的时候，还是传统的价值观在作祟吧，学生在学校里受到老师的惩罚，无论是学生本人或是学生的家长,无不感到自己十分没有面子,抬不起头来,还有谁还敢到学校去维权?记得我所在的学习小组里,有一位同学考试只得了五分制的一分,被校长命令同组的同学打了一百个耳光。晚上放学回家,同学的母亲看到儿子的脸腮有些红肿,知道自己的儿子错得离谱,赶紧煮了十个鸡蛋,拉着儿子到我们同组每位同学家里,送上鸡蛋,以示赔礼并且去去晦气。那个时候的十个鸡蛋,对一个贫困家庭来说,也是不小的开销。托校长的洪福,同学被打耳光,我们却得了鸡蛋享用。

我在这所处于新旧交替的"民办小学"里读了四年书(这所学校只有四个年级),到了五年级的时候,必须转到公办的"中心小学"去继续读书。在这四年读书时光里,差不多每天都有被打耳光的事件发生,但是从来也没有发生什么不良的后果,日子总是平平安安地过去,孩子们也不断长大起来。这是不是中国优秀传统文化在继续发挥着应有的历史作用?虽然说我也有幸活到了当今时髦的社会环境里,社会的主流价值观已经到了不可同日而语的新阶段,但是对于这位校长,我还是心怀感激之情。

不过凡事都有意外。记得有一天傍晚,校长同朋友喝酒归来,醉醺醺地回到学校,一不小心摔倒在学校的水沟里,不省人事。幸好校长在去喝酒之前,惩罚几位顽皮的同学必须站在那里等候校长回来再观后效。这几位同学看到校长掉进水沟不能动弹,赶紧把校长抬起放在地板上并报告其他老师。第二天校长酒醒,昨天体罚学生的事情忘得一干二净,但是被学生救起的事情倒还记得,在全校的大会上,把这几位同学狠狠地表扬了一通。

还有一件事值得一提。既然打耳光事经由同学执法,这就必然要涉及男女同学怎么打耳光的问题。这项制度执行之处,遇到女同学必须打

▷ 少年时期惠北泉港的小学

男同学的耳光时,女同学一般会当仁不让,认真地执行校长的指示。而当需要男同学打女同学的耳光时,可能又是传统优秀文化在作怪,许多男同学往往畏缩不前。校长看到这些男同学如此不堪重任,生气起来,反过来责令本来应该被罚的女同学如数打男同学,女同学当然乐于从命,事情也就圆满解决。不过此类的事情一多,校长也感到有必要进一步改进。事情发展到后来,男女同学打耳光的事情,就以性别归类。男同学只打男同学的耳光,女同学则专司打女同学的耳光。

(三) 我的饥饿时光

刚上小学那会儿,经历了人民公社吃食堂。我们这里吃食堂,好像没有完全贯彻上面的指示精神,食堂只管饭,不管菜,所以严格算起来,充其量是半拉子食堂。之所以半拉子,是因为那个时候福建的许多地方,实在太穷,平日里果腹的物品,有主食就不错了,配饭的所谓"菜",是微不足道的。比如说,现在市场上出售橄榄的蜜饯产品,以福州人最为擅长制作,这是有饮食上的历史沿革的。以往福州人吃饭的配"菜",一般的家庭大多是咸橄榄,一餐饭下来,配一颗咸橄榄就很奢侈了。改革开放之后,大家的生活水平大大提高,没有人再用咸橄榄配饭吃。精明的人就从蜜饯上下功夫,制作出许许多多种可口的橄榄蜜饯。

我出生在闽南地方,海上的"海错"品比较多。一般像样的"海错"吃不起,大家用于配饭的"菜",以低劣"海错"品为主。印象最深刻的有两种:一是由制作乌贼目鱼干货所剥离准备抛弃的东西,包含那团黑黑的内脏,经过腌浸之后,变成一种所谓"乌贼膏"的咸得不得了的汤露,人们在吃饭的时候,可以用少量的"乌贼膏"下饭。但是这种"乌贼膏"在制作的过程中,是在大陶缸里腌浸的,需要一定的时间浸润。时间一长,难免有其他动物过来凑热闹。供销社出售"乌贼膏"的时候,也是整个大陶缸摆在那里。致使乡亲们购买"乌贼膏"的时候,往往发现有死老鼠混在其中。没有办法,把死老鼠捞起扔掉,"乌贼膏"继续配饭。还有一种"海错",我至今不知道它的大名是什么,只知道这种古怪的"海错"背上有一根小刺,大小1厘米至1.5厘米左右。制作的方法与"乌贼膏"相仿。大家买回来食用的时候,运气好的话,也是可以带回死老鼠的。后来人们发现这种"海错"是农家用于肥田的大好原料。

像这样的"菜品",当然是无需公社食堂劳心劳力,而且也没有办法劳心劳力。万一大家在公社食堂里吃饭正高兴,突然这里冒出一只死老鼠,那边也冒出一只死老鼠,会让领导们很尴尬,简直是给人民公社的食堂脸上抹黑,要不得!

我的老家平日里所赖以生存繁衍的主食,也是相当富有特点的。作为主食的粮品有两种：一是地瓜，也称番薯。二是大麦，现在在全中国都比较少见了，不知哪个时候怎么会跑到我的老家去安家落户充主粮？大麦磨出来的粉比较粗，做不成面条和馒头一类的精食，只能跟地瓜特别是地瓜干混合去煮，变成粗砺的糊糊，也称"麦糊"。用大麦和地瓜干混合煮成的"麦糊"，恕我孤陋寡闻，在中国的其他地方，好像很难见到。

大麦与地瓜，相比之下，还是地瓜占上风。因为"麦糊"也是需要跟地瓜干搭配煮着吃的，这样一来，地瓜就是我老家当之无愧的主粮老大了。非但如此，家乡在海边，煮饭用的柴草也是稀罕之物，幸好地瓜是长在地底下的，露出地面的是地瓜藤。乡亲们把地瓜藤晒干，可以用于煮地瓜或"麦糊"吃。正因为地瓜有这样多功能的效用，所以我长大之后，经常听到外地的朋友讥笑我老家"地瓜当粮草"。话虽然略带讥讽，却是事实，表述得非常精辟。

我们那里人民公社食堂的发展历程与国内其他地方的食堂发展历程差不多。先是吃干的，接着是稀的，后来是干稀皆缺，索性倒闭。所以我刚进食堂的时候，每天食堂里的大桌上堆满了煮熟的东西，任你享用。接着是按人按量分配，"麦糊"也越来越稀，直到稀可见底。再最后，食堂宣布解散，大家还是回到各家去挨饿吧。

从后来的各种报道中知道，这个时候已经出现了饿死人的事件。政府为了不让饿死人的事态继续蔓延，制定人均每月口粮标准为二十市斤，布票每人每年三市尺。我家当时是五口人吃饭，父母是全劳动力，每天要到公社的田野中劳动，哥哥属于半劳动力，在公社的猪圈里养猪，我和我妹妹属于吃白食。样板戏《红灯记》中有一段李玉和夸奖李铁梅的唱词"穷人的孩子早当家"。我和我妹妹当然一生不成器，成不了革命者，不过如果要讲起"穷人的孩子早当家"这件事情，自信还是可以跟李铁梅比试比试。每月二十斤的口粮，为了让父母亲能够在田野中坚持劳动不致晕倒，我们二位吃白食的小孩，已经知道主动选择喝汤汤水水的东西。但是最后的结果，是母亲最能忍饥挨饿，她常常随手把浓稠一点的食物拨到我们的碗里。当时的我们，大概也是饿糊涂犯傻了，还以为母亲是真的不饿！

作为半劳动力的哥哥，这时在公社的养猪场里养猪。一天他招呼我和妹妹到养猪场去玩。到了那里，才知道哥哥藏了一些"地瓜根"，要偷偷给我们吃。所谓"地瓜根"是什么呢？我们现在在市场上可以买到的这种可以食用的地瓜，在地瓜的上部，是地瓜藤。地瓜藤除了晒干用于当柴草烧火之外，还可以剁成一小段一小段喂猪。"地瓜根"是连接地瓜和地瓜藤之间的大约两三寸长的部分，一般不宜供人食用，只能作为猪饲料。这个时候大家饿得昏天黑地，这种平日里不宜食用的"地瓜根"，虽然难于吞咽，但是用来救命还能起到一定的作用。因此这天，我们兄妹二人满腹而归，十分惬意。不料事后出了两个严重后果：一是哥哥的行为属于偷盗人民公社的财产性质，予以严肃批评警告；二是我和我妹妹连续好几天肚子无法消化，又不敢声张，只能自食自受，多喝冷水，催它尽早排出。

在这饿肚子的日子里，为了度过饥荒，政府有一个口号，希望大家响应号召，尽快实施，这就是所谓的"瓜菜代"，意思是地瓜、麦子、稻米这样的主食缺少时，请大家多吃一些青菜一类的东西充饥。记得当时最盛行的一种青菜，学名不知道，只知道外号叫"牛皮菜"。这种青菜有一个优点，把四周旁边的菜叶剥下来食用之后，新的菜叶很快就长出来。如此剥了吃，吃了又长，长了又剥，确实为当时的度饥荒起到了很大的作用。但是凡事都是有好有坏,这种"牛皮菜"吃多了容易得水肿病。走在路上,常常可以看到这种因食用"牛皮菜""瓜菜代"多了的人,气喘吁吁、举步维艰。到了我上大学的时候,有一门"政治经济学"的课,任课的周老师是经历过那个时代的"瓜菜代"的。他讲,其时政府非常爱护知识分子们,为了让知识分子们少得或者不得水肿病,有一个特别值得载入史册的政策:凡是大学讲师以上的知识分子,每人分配"三斤米糠、两斤红糖"。这位周老师后来调离了厦门大学,因为是经济系的老师,我至今不知道他调往哪里,如果仍然健在,总有九十几岁了吧?或许已经去世了吧?但是我每当想起小时候挨饿的日子,就会想起他,感谢他给我们提供了这么难得的历史资料。

回到挨饿的日子里。村里有一位在旧社会读过私塾的农民伯伯,在这年春节,家家户户贴春联,他家也不例外。一般家庭贴春联,春联上的句子,大多是从春牛图或什么春联集子里面抄写下来。这位农民伯伯读过私塾,他可以自己创造撰写跟别人不一般的春联。今年他家的春联贴近现实:"廿斤粮食吃饱满,三尺布票穿温暖。"这是现实主义的作品,但是在其他人看来,好像是在讥讽政府的度荒政策,这还得了!领导们慎重研究,这位农民伯伯出生于数代贫下中农家庭,在"地主、富农、反革命"的帽子上找不到痕迹,那就给他戴上一顶"坏分子"的帽子,成为"地富反坏右"中的一人。现在回想起来,当时的人真是高明,凡是调皮捣蛋、不听使唤的家伙,安上"坏分子"的帽子就妥当了。而且这种"坏分子"的帽子容量很大,可以装进所有想装进去的东西。

讲到三尺布票,虽然不属于饿肚子的范畴,但是也同饿肚子共生共存，因而也值得一说。三尺布票当然是不足蔽体，并且那个时候的布料也非常脆弱。据说有一位新娘结婚，正在"闹房"的当头，大家推来推去，一不小心，新娘的裤子就裂开了，弄得新娘好一阵子要死要活的。不过这毕竟只是暂时的困难，还不至于弄到饿死人这么严重，后来情况有所好转，政府每年给大家发放的布票也有所增加，到了六十年代中期，每人每年发十二市尺，这就基本够用了。1972年之后，中国与日本恢复建立外交关系，两国的商贸往来大有长进。其时从日本进口的化肥，很受农民的欢迎。可是日本人万万没有想到的是，从日本进口的化肥，除了肥田之外，还有一个极为重要的附加作用，即把耐用的化肥包装袋用来做衣服。所以在那个时候，我们经常可以看到路上的行人，衣服或者裤子上有着隐隐约约的"尿素"的字样。

（四）提高警惕抓特务和搞批斗

　　小学毕业进了中学，听说对岸台湾岛的蒋介石准备反攻大陆。作为沿海前线，老师们千嘱咐万嘱咐我们，一定要提高警惕，当心蒋介石派来的特务来进行破坏活动。可是特务也是中国人，长相跟我们没有差别，如何去辨识路上的行人哪个是特务哪个不是特务？显然，要提高警惕抓特务，识别特务是头等大事。

　　学校请来几位内行人士来宣讲。他们说了一些辨识特务的要点，现在还记得起来的大致有：特务的头发普遍留得比我们长，而且大多是二八开（其时我们沿海的男丁基本上是留平头的）。那个时候公路交通不发达，运客的班车很少，公路、马路上流行自行车载客。我们大陆人坐在自行车的后架上,基本上是侧身的,两条腿放在同一边,而台湾特务由于那边的习惯,往往会叉开两条腿跨坐在自行车后架上。特务如果到饭店用餐,一般习惯于先吃饭后交钱,而我们大陆人吃饭,是一定要先交钱才能吃饭的。还有,台湾来的特务跟陌生人打招呼,一般比较喜欢点头哈腰。如此等等,记不了那么多了。

也许我们把这些内行人士的话记得太牢了,警惕性又特别高,由我们同学向有关部门和学校老师报告发现了特务可疑分子的消息络绎不绝、应接不暇。有一次,一位头上有癞痢疤痕的中年人刚从理发店出来,就被同学们盯住了。那位头上有癞痢疤痕的中年人碍于癞痢理平头不雅观,嘱咐理发师傅头发留长一些,并且二八开,尽可能把癞痢的地方掩盖起来。不料这么一来,就符合内行人士所介绍的台湾特务的模样。同学们盯梢的盯梢,去报告的去报告。走着走着,那位头上有癞痢疤痕的中年人拐进一条小道,同学们急了,这突然出现的敌情,跑去报告的同学不知情,即使把人招来,也会错过捕捉机会的。盯梢跟踪的同学见机不可失,决定自己动手。几位一拥而上,把这位头上有癞痢疤痕的中年人压倒在地。毕竟都是十几岁的小孩子,人是压倒了,捉又捉不住,只好死死压住,双方处于艰难的相持阶段。一直坚持到报信的同学带了大人过来,发现被压的中年人,居然跟他们还是认识的。

自从出了这件事之后,学校有了新通知:抓特务的事情,交给解放军和民兵去做,学生的任务还是以学习为主。同学们的警惕性很高,这是好的,我们已经受到上面的表扬了。现在回想起来。所谓上面的表扬,是学校里老师自己创造的吧?

抓特务的事情虽然有些胡闹,但是我们这一带实在是太靠近海防前线了，台湾那边的蒋介石们，亡我之心不死，经常会放一些气球过来。气球里面既有反共传单画册之类的东西，也有诸如饼干糖果的食物。那个时候我们都穷得不可思议，但是对于蒋介石那边放过来的气球里面的食物，连看都不愿意看一眼，似乎看了一眼就会立马中毒一样。而对于传单画册一类的东西，那是一定要缴获上交的。

一天下午，我们都在教室里上课，突然发现远处的天空中飘来一个气球。大家知道这一定是从海峡那边放过来的，不约而同冲出教室。上课的老师不能阻拦，也不便阻拦，索性一起跟着冲出去，毕竟是捕获气球截取传单画册的事情比较重要。气球这个玩意儿是很气人的东西，眼看着它就要落地了，同学马上就能捕获到了，可是一阵微风吹过，它又飘起来，继续前行，同学和老师们只好继续追赶。正当大家追得上气不接下气的时候，后面的人群中发出一阵恐慌的声音，原来是一位年纪稍大、平常日生活负担比较重、有些营养不良的老师心头突然发闷发痛，再也跑不动，倒在地上了。同学们看此情景，抢救老师性命的事情重要性似乎又暂时超出了追赶气球的重要性。大家七手八脚，慌忙抬起老师，回到学校。

这次老蒋的气球就这样失之交臂，大家并不感到太多的遗憾。大家知道，即使不是这位老师突然晕厥倒地，我们也未必追得上这颗气球，再说，追到那个份上，同学也差不多筋疲力尽了。气球跑就跑了吧，它终究会掉下来，落入广大人民的手中。

那位老师经过一段时间休息以及唯一的兼职校医的紧急处理，很快就没有什么大碍，可以继续上课了。我们大家也就松了一口气，并且不久就忘掉此事。

过了一年多，"文化大革命"风暴乍起，学校里面阶级斗争的这根

▷ 1966年在北京天安门广场留影

弦绷得紧紧的,大家都在努力寻找身边的阶级敌人和潜伏的美蒋特务。不知是哪位同学,勾起了一年前追赶台湾蒋介石放来气球的往事回忆,突发奇想:那位突然晕厥倒地的老师,是否就是潜伏在我们身边的台湾特务?经他这么一点拨,许多同学恍然大悟,本来我们很快就能捕获到气球,都是因为这位老师的倒地,顾不上追赶,让这颗气球白白从我们手中溜走了。这位老师肯定是特务,他一看气球即将被同学捕捉,又不能当面阻止,就只能倒地装死,让同学们放过气球。大家越想越有问题,更何况这位老师是1949年前大学毕业的,其潜伏之深真是令人心惊。就这样,革命小将们的第一波革命斗争矛头,直直指向这位追气球晕厥倒地的老师。老师被戴高帽游街批斗了好几场,差点要了他的老命。幸好我们的党中央、毛主席英明正确,把握航向,过不久发下重要通知:"文化大革命"要紧紧把握斗争大方向,斗争大方向是指那些埋伏在我们党内的"走资本主义道路的当权派",简称"走资派"。对于一般没有当权的群众,不能乱斗,以免干扰"文化大革命"正确的斗争大方向。有了这个通知,同学们不敢造次,赶

△ 原惠安六中（现泉港六中）六十年代时的全景

紧去找学校以及社会上的"走资派"们。这下轮到学校里面的校长、书记们倒霉，那位可怜的老师既然算不上当权的"走资派"级别，也就侥幸躲过了一劫。

说到这里，我又想起1966年随家迁移到崇安县的一件往事。全家迁移到崇安县（即今天的武夷山市），其时全县只有一个半中学，一所初高中齐全的中学在县城，另外还有一所中学是1958年之后政府为了照顾革命老区子弟而新设的中学，即崇安县第二中学，只有初中部，没有高中部，算是半个中学。我从惠安第六中学转移到崇安县的时候，县教育局的同志告诉我，县城的第一中学本年段没有开设俄语课程，只有英语课程。而我在惠安第六中学读的是俄语，刚好崇安县第二中学本年度开设的是俄语，我只能到离我家六七十华里远的二中去继续上学。

第二中学地处革命老区的一个山坡上，深山老林偏僻荒凉的状况可想而知。学校里的校舍、宿舍大部分是简易的，外面下雨刮风，屋子里面同样是妖风穿堂入室、漏水连连。一到夜晚，四处寂静，猫头鹰等禽兽的呻吟声经常惊扰同学们的睡梦；每当星稀月明的时候，乱葬岗上的

▷ "文化大革命"开始后原崇安二中部分同学的最后合影

坟地之中不时有鬼火闪烁。年纪不大的我们,虽然接受着唯物主义的教育,但还是经常处于担惊受怕之中。一天,学校外面来了一群抬着死尸棺材准备入殓后山的人们。我们的校长当机独断,率领几位同学到学校大门阻挡,不让他们抬着棺材从学校经过,也不允许他们把棺材埋在学校的后山增加"鬼气"。校长的用意是十分明白的,学校的环境已是如此不堪其扰,如果再增加坟墓的数量,同学们更加受不了,为了保护学生,校长不得不出此下策予以阻挡。

"文化大革命"开始了,大家都在努力寻找校长这一学校唯一"走资派"的反革命罪状。也不知道又是哪位同学,阶级斗争的警惕性空前高涨。挖掘出这件往事,给校长戴上了仇视贫下中农的大帽子。山下的贫下中农阶级兄弟,一辈子受尽地主阶级敌人的压迫剥削,好不容易现在翻身做主人,死了之后准备找个地方安葬,好好过上阴间的幸福生活。可是我们的校长跟贫下中农从来就不是一条心,没有一丝一毫的阶级兄弟情感,竟然阻挡贫下中农下葬,使这位贫下中农阶级朋友死无葬身之地,其用心何其狠毒!

校长的罪状是坐实了。因为学校小，总共只有不到二百号的学生、十几位老师，学校设置领导岗位时，精兵简政，校长一人既是校长，又兼党支部书记。这下学校的罪过，就全由他一人承担。在那段批斗"走资派"的日子里，四个不同班级的革命小将们，轮番斗争，全不停歇。幸好这位校长富有挨斗的经验，听说以前也有过这样的噩运，所以遇到此事，还是经得了风雨，熬过了"文革"的批斗，终于见到了改革开放后的彩虹，继续在一个中学里担任校长之职，为山区落后的教育事业作出了最后的奉献。"文革"结束之初，我见到过校长一次，只觉得他越发清瘦。我上前和他打招呼，他想了一会儿，说不记得了。这也难怪，其时我还在农村务农，变得黝黑粗壮，而在中学读书的时候个子特别小，他不记得我也是情理之中。从此之后，我出去上大学，工作也在外，就再也没有见到过这位校长老人了。只听说他的身体越来越差，不久就撒手人寰了。

校园杂忆

自从1977年我来到厦门大学以来,世事变迁也太快了。有关国家大事和高等教育改革,以及学校举措优劣、领导岗位变动等,都不是我这种甘居下游的人所应该插嘴关心的事情,因而也就知之甚少。我所能回忆起来的事情,尽是一些身边的小事,或者是跟我有直接联系的琐事。比如说,我刚来学校的时候,厦门大学里面的道路,基本上是土路,走起路来灰尘不少。到如今全部变成石板路和水泥路,十分便利干净。由于只会关心这些无关痛痒的小事,我的这篇"杂忆",也就只能从这里说起。

(一) 地瓜干和巴浪鱼

我的祖籍在福建泉州惠安县,这是一个以地瓜也即番薯著名于世的贫困县。因为常年吃地瓜,许多惠安人外出谋生,往往会被人冠上"老地瓜"的绰号。就连曾经权重位尊的陈伯达先生,背后也有不少人称他为"老地瓜"。因此"地瓜"对我这种人来说,是再熟悉不过的东西了。二十世纪六十年代我随父母迁移到闽北崇安县,这里人口稀少,粮食比较充足,大米是常年的主食,因而之后跟地瓜打的交道就比较少了。

不料从崇安县农村来到厦门大学之后,地瓜又和我如影随形地相伴了一年的时光。那个时候"文化大革命"刚结束,根据中央领导的讲话,中国的经济已经到了崩溃的边缘。也不知道怎么弄的,福建的粮食生产入不敷出,闹起了小小的饥荒。还是中央领导有方,从北方什么地方调配了一车皮又一车皮的地瓜干来福建应急。小道消息传说,在这些运输地瓜干到福建赈灾的火车皮上,往往会看到这样带有讥讽意味的文字:"支援山清水秀的福建人民"。

地瓜干运到福建之后,就要分配到各个具体的机构、人众来食用。国家规定,像我们这样的大学生,需要学知识,所以特别照顾,市民每位大人的月粮供应是28市斤,我们多两斤,每月30市斤,每天刚好1斤。在地瓜干赈济福建之前,我在学校食堂里的每天主粮分配是早餐二两稀饭,中餐和晚餐各四两干饭。自从地瓜干赈济福建之后,每人每天须搭配二两地瓜干,食堂里就把这二两地瓜干安排在早餐食用。糟糕的是这些地瓜干大部分是臭损的,一块地瓜干,除掉外围臭损的部分,能够食用的只剩下中心的一小部分。如此一来,每天早餐基本不足果腹。吃完早餐,几乎没有什么吃饭的感觉,勉强拖着身体到教室去听课。

幸好我们那个时候的课程,不像现在这么繁多、这么规范化。一般的情景,上午上完两节课,最多三节课,就可以回宿舍自习。上头两节课的时候,肚子里面的少许食物还可以勉力支撑,到了第三节,听讲的精神就十分恍惚了。在这节骨眼上,赶紧回到宿舍,躺在床上,向往着中午即将到来的四两米饭,差不多就是我这一年来每天上午必修的功课。前面说过,我在崇安县农村的时候,食量比较充足,练就了一副能吃善消化的身板子,这下突然食量锐减,半饥半饿,体质迅速下降。更为糟糕的是,我们那个时候还保留着"文革"期间学军、学工的习气,每天早晨天一亮,学校里面的高音喇叭就响彻内外,同学们立马起床,集合跑步出早操。一天早操跑着跑着,我两眼一黑,栽倒在地上。同学们以为我得了什么重病,十分紧张。我自己当然知道自己的病根在哪里,在路边坐了一会儿,可以继续坚持操练了。从此以后,同学们一致认为我是一个弱不禁风的病坯子,女同学们更是忌讳嫁给一个病恹恹的丈夫。正因为如此,一直到现在,我始终没有从大学同学里面捞到半个如意女郎来做终身的伴侣,哪怕是一刻伴侣也好!

主食地瓜干说完了,接下来就要说说配饭的菜类了。我一直认为厦门大学食堂里的菜品是中国大学里面最好的,至少是比较好的。即使是在那个经济面临崩溃边缘的年代,食堂也尽其所能为同学们准备了不仅可口而且在经济上能够接受的菜品,用现在的时髦话来表述,是很有性价比的。

食堂里的素菜,一般是不要钱的,只是为了搭配荤菜而已。而在荤菜部分,学校的几个食堂好像都是一样的,主要是三样:肥肉、瘦肉、巴浪鱼。女同学怕肥挑瘦,一般食用的菜品是两角钱的瘦肉再搭配一些青菜。肥肉比较能够扛饿,价钱比瘦肉便宜五分钱,每份只要一角五分,同样也搭配一些青菜。这样一来,食用中餐时,这份肥肉青菜的菜品,几乎成了我这一年来坚定不移的美味佳肴了。早上饿得昏天黑地,好不容易熬到中午,干饭夹上一些肥肉下肚,浑身通泰,下午上课的精神很快就回来了。现在回想起来,我后来能够顺利毕业拿到大学文凭,对肥肉之功是无论如何不能忘本的。

其实，中午食用肥肉配干饭，纯粹是为了止住早餐食用地瓜干所造成的无边饥饿感，不得已而为之。在那个年代，食堂里能够准备这么多肥肉和瘦肉来供给学生是很不容易的事情，所以每份一角五分钱的肥肉，其分量是很少的。为了解决这一问题，巴浪鱼是当仁不让的好角色。

巴浪鱼是在闽南一带常见的一种海中小鱼的俗称，其学名是什么，我至今还不知道。因为它对我在大学读书期间的影响极大，所以我就准备永远地称呼它的俗名，而不去管它学名雅号是什么。据说巴浪鱼的产量很高，厦门大学又紧接着大海，巴浪鱼的来源相当充足。所以食堂里供应的巴浪鱼，有清蒸的，有油炸的，每份价钱还是一角五分，但是摆在碗里的巴浪鱼竟有两条之多，每条的长度约近20厘米，加上免费的青菜，真是味美价廉，再好不过了。这样，我在大学的时光里，几乎每天都是在与巴浪鱼的过从中度过来的。巴浪鱼成了我在大学学习期间最美好的记忆之一，恐怕也是同时期许多同学的共同美好回忆之一吧！

（二）植树节和芙蓉湖

也许格调高尚的人要嫌我说来说去只是一些吃饭吃菜的低层次的事情，那我就转变一下，说些比较有高尚意义的事情。比如种树，大概没有人会说它没有意义吧？近几年来，中央大力宣扬诸如塞罕坝、宁夏、甘肃等地植树造林的非凡事迹。当地的人们，在数十年坚持下，终于造就绿树成荫，抵御风沙、泽及后人，事迹实在感人。用中国古人的话来说，的的确确是为国家为人民积下了大功德。

中国人把植树变成一个节日，也颇有一些年头了。据说早在民国四年,即1915年,就有人向民国大总统建议,以每年清明节为植树节。这种建议自然是不会有人反对的,很快得到大总统的批准,通令于全国。后来有人为了把植树节提升得更有意义,提议把孙中山先生的逝世日,即3月12日,定为植树节。从此时一直到1949年国民党撤往台湾,国民政府治下的各地谨遵如仪。

1949年以后,大概是出于跟国民党政府对着干的心理吧,多年来似乎少有人再提起植树节的典故。一直到1979年推行改革开放后,在邓小平同志的提议下,第五届全国人民代表大会常委会第六次会议决定将每年的3月12日再次明确为植树节。这样才算好事有始有终了,得以延续下来。

所以从时间上看,我是非常幸运的,就在我成为大学生的不久日子里,躬逢盛世,能够投身于造福后世的植树造林运动之中。于是每逢3月12日,学校领导都要郑重其事地把任务布置下来,系里的领导也准备了一大堆锄头、铁锹、竹筐之类的植树工具,以及壮硕的树苗。大家在约定的时间里集合起来,各自挑上趁手的工具,前往指定地点,种树的种树,浇水的浇水,好不热闹。

从1979年算起,我所参加过的植树节种树,总有二十回了吧。种树的地点虽然都在学校里面,但是学校的地盘比较大,有山有水还有海,可以种树的地方很多。所以我参加种植过的树,从学校的山上到海边的上弦场,从东社到西村,几乎都有涉及。但是奇怪的是,这么多年过去了,二十年里所种植的小树,始终未见长成。记得以前上弦场的东边有一块空地,在这里种下的树,不几年工夫就绿荫成片,十分可爱。而如今却未见半棵。这其中的原因,我也一直参不透。

想的次数一多,总会冒出一些比较出格的想法,索性来个"以小人之心度君子之腹"。学校响应国家和政府的号召，这是十分正确的。但是在学校里面混饭吃的人，大多是书呆子、"臭老九"之属，种树本来就是外行。为了应景，每年如期相约植树，不能不逐渐演变成为一种植树的礼仪，植树的实质性行为变得越来越不重要。其次是从新世纪以来，托国家改革开放成果的福，学校里的经费随之宽裕，学校注重校园景观，树木花草的整治修葺，越来越倚重于专业的园林公司，以美观和绮丽作为校园整治的主要方向。这样一来，原本由我们亲手种植成材的树木，难免参差不齐、品种混杂，达不到美观绮丽的效果。在不得已之下，这些辛苦种植起来的树木，成了淘汰的对象。久而久之，就连影子都难得寻觅。我每天有在校园里面散步的习惯，每走到一个地方，难免想起当年植树的经历。如今往事依然存留在记忆之中，而树木却难得相逢，不免有些嘘唏感叹。

植树节是国家制定的，植树节是应该实实在在地植树造林，还是只算一种礼仪？这恐怕只能见仁见智了。不过近十余年来，厦门大学再没有组织全校性植树节活动，我们也不用再扛着锄头、铁锹一类的工具去应景劳动。从我个人的角度讲，我倒不是害怕半天的体力劳动，但是去虚就实，总比那种毫无效果的礼仪性过节要实在许多。

在学校里参加体力劳动，除了每年的植树节之外，还有就是开挖"芙蓉湖"了。芙蓉湖地处厦门大学思明主校区的最中心，碧水、绿树、红花相映趣，是厦门大学最美丽的地方。但是在我来到厦门大学那时，这里是一片名副其实的田野。据说在"文革"期间，为了贯彻党和毛主席"广积粮"的战略部署，厦门大学中央的这块地，被改造成农田，种上大片的水稻、地方和蔬菜。每到夜晚，蛙鸣虫叫，流水潺潺，倒也不失一片田野风光。

▷ 上大学时厦门大学芙蓉楼群及其前面的田野风光

在我刚进大学度饥荒的这些日子里,这片田野还是给了我们不少的帮助。我们这些所谓的大学生,大部分都有回乡插队或当工人的经历。那个年代流行一种使用煤油作为燃料的、可以烧煮简单食物的小炉子,名为"煤油炉"。这种煤油炉大概就是专门为了那些生活贫困、食物欠缺需要临时补充的单身知识青年和单身工人们设计的,销量很大。我们这些人进了大学之门,这种简便的炊具舍不得扔掉,不少都随身携带了进来。学校暂时闹饥荒,想不到"煤油炉"再次发挥光和热。到了晚上八九点钟,同学们经常被咕咕叫的肚子闹得不好睡觉,很需要一点什么食物来补充一下。我们住的楼房前面就是这片田野,绿油油的茂盛蔬菜是理想的食物。在身体本能的冲动驱使下,同学们不免也会充当一两回穿窬之盗,采摘一颗高丽菜,放在煤油炉之上的铝锅、铝盆里面烹煮,熟了之后,撒上点盐,如果有酱油就更好。宿舍里面的八位同学,每人小用一些,心满意足,安然入睡。

那时除了遇到暂时的饥荒之外,祸不单行,整个厦门岛,全都闹水荒。每日里自来水只有短短的个把小时在流淌。同学们的日常洗漱卫生，只能勉强应付。好在我是来自农村，不太讲究个人卫生是农村学生的共同特点，既然闹水荒，索性就不洗澡。但是到了夏天，三天不洗澡，难闻的味道就冒出来了。以往在农村，大家都是这种味道，就在鲍鱼之肆，不知其臭。但是现在不同了，总要在女同学面前装装文雅，博得稍好一点的印象。水荒如此严重，怎么办？大家突然发现田野那边还有两口水井，井里的泉水清澈可爱，真是洗澡的好去处。每天黄昏，男同学顾不得女同学在路上走来走去，脱下衣服外裤，尽情地提起水桶，往身子上面冲水。欢乐的笑声，居然感染了路上的女同学，她们也纷纷对这些仅穿着一条短裤的男同学的冲澡行为，感到由衷的高兴。

到了八十年代，国家的改革开放取得了初步的成就，厦门市的用水问题，据说得到华国锋主席的亲自过问，引来九龙江的江水，彻底解决了。校园中的这片田野，从物权上说，本来就是厦门大学的，国家需要发展教育，上下都认为应该将其归还给厦大办学才是正道。问题的难点是如何处置这批耕种田野的农民朋友们。经过当政者的艰苦协调，田野归还学校，农民朋友们全部由厦大安排工作。这样，可爱的田野和水井就很快退出历史舞台了。

田野归还学校，接下来要作何用途？那时的学校领导卓有远见，认为学校的中心地点日后固然一定是寸土寸金，但是若用于建造楼房，未免是糟蹋了她那秀丽的身子，还不如把她修建成一个人工湖，四周再配上盛开红花的凤凰树，一定会给美丽的厦大增添珍珠玉镜般的胜景。就这样，一泓即将命名为"芙蓉湖"的人工湖，就这样动工了。

学校领导的脑子里大概还残留着知识分子"臭老九"需要劳动改造的红专观念余绪吧？既然要修建"芙蓉湖"，就发动全校师生来做义务劳动。师生们也十分支持，踊跃参与。大家很是忙碌卖力了一大阵，却

▷ 读大学期间住宿的厦门大学芙蓉二号楼

效果不彰，挖来挖去，始终只是一个小水坑。长此以往，芙蓉湖的胜利竣工，非得花上一百年不可。

领导们似乎也感觉到，依赖这班外行的师生来挖掘芙蓉湖，不是长久之道。于是决定采取募捐的办法，使用募捐得来的钱，去雇请专业的队伍来施工。那时教师的工资很低，除了养家糊口之外，很难有多余的积蓄，穷学生们就更不用说了。尽管大家热情很高，募来募去，始终不得要领。看来这个办法也还是走不通。芙蓉湖的顺利建造，还是得依靠国家政府的资助。幸好这个时候，国家的改革开放又有了新的发展，芙蓉湖的建造经费在多方协调筹集之下，终于得到解决。芙蓉湖顺利建成，成了厦门大学标志性的秀丽景观。

芙蓉湖建成之后，老师们的捐款虽然有限，但是学校方面还是不敢忘记当年老师们在穷困的境地下所作出的奉献，特地在芙蓉湖岸边显目的位置，树立了一个捐款芳名碑。芙蓉湖应该是长存的吧，但是回想起当年的义务劳动，我想，今后最好不要让老师们去做那些不擅长的事情，劳命伤骨，得不偿失。

（三）拒美人们于千里之外

我们这辈的大学生们，往往有一个奇怪的心理，那就是既盼望能够找到一位美丽的异性知己（当然学校里的女同学可以排除在外），却又担心真的找到了，日子久了之后会吃不消的。那个时候"情人"这一名词并不是好名词，往往是指那些行为不甚端庄的男女青年而言。所以我们一般的人，既不愿意当什么情人，更不愿意被人们称为情人。不像现今，大家争先恐后想做情人。一到情人节，封闭管理的女生宿舍前面，总会聚集一群抱着鲜花、蛋糕之类的礼物在外面恭候情人出来的男士们。学校后山有一处山谷，绿水翠竹相映，是休闲的好去处。学校把这片山谷命名为"思源谷"，擅长于爱情的人士们则称之为"情人谷"。

话说远了，还是回到我们年轻时做大学生和读研究生的年代。研究生同学里有一位，来自浙江省越剧的故乡绍兴。改革开放之后，厦门市为了文艺事业的繁荣，恢复建立了一个越剧团。越剧团里面的演员，都是特地从绍兴招募来的江浙美女。这班美女们知道有位老乡旧识在厦门大学读研究生，在排练演出的闲暇时间里，会结伴来学校找我的这位研究生同学聊天叙旧。听说有外面的美女来访，我们这几位同学都非常好奇，也非常羡慕，希望能够跟这些美女演员们结识结识。可是我们的这位同学实在是小气，想尽办法不让我们见到美女们的芳容。所以每当美女演员们来访，只能听到一阵叽叽喳喳的笑声，却无缘看到笑声来自何方。再过一阵时间，连这悦耳的叽叽喳喳的笑声也没有了。据我们这位同学解释说，担心美女演员经常来，会影响我们的学业。真是用心良苦。

又有一天，我们几位研究生同学趁着风和日丽，结伴到万石植物园去散步。走着走着，前头来了一群美女。其中一位特别出众的美女，竟然跟我们的一位同学相识。两人他乡遇故知,兴奋得不得了。那群美女对我们这班所谓的研究生也很好奇。其时研究生刚刚恢复招生,人数很稀有,美女们对我们打量个不停。事后知道原来是中央的文艺团体来厦门慰问演出,这群美女是这个文艺慰问团体里的演员。了解了真相之后,我们不由得对于这群美女浮想联翩起来。回到宿舍,我们追问这位同学,想了解更多的详情。无奈这位同学始终是支支吾吾,不肯如实交代。追问得急起来,原来他也是担心会影响我们的学业,这可不是闹着玩的事情。

我们这位同学之所以如此保护我们,是事出有因的。记得此前不久暑假来临,同学告诉我要回他父母家。这位同学的家境比较好,学校里的生活有些单调与困窘,趁暑假回家去改善改善是理所当然的。我家在农村,回家还得去做农活,倒不如待在学校里看书比较上算。可是没过几天,我的这位同学慌慌张张地回了学校。我就感到十分诧异:不是说好要等到九月开学才返校,怎么还没有几天就回来了?经不住我们的不停追问,他终于说出缘由。原来他回家之后,父母替他物色一位通家小姐,准备举办订婚嘉礼。我们都替这位同学高兴,但也疑惑他为什么这么匆忙赶回。同学道出实情,原来这位通家小姐是省歌舞团的美女演员。同学一听说对象如此高贵,今后要是驾驭不了吃不消怎么办?原来同学的慌忙返校,是出于逃婚的缘故。当时我们是既羡慕,也不免要替这位同学担心日后的事情,还是稳妥为上。

我的这几位研究生同学,年轻时桃花运都不错。还有一位同学是"文革"以前北京大学毕业的高才生,毕业后分配在某省的省级机关里工作,不久就引起身旁同事们的关心,纷纷为他张罗介绍对象。几经鉴别淘汰之后,确定与某位小姐建立恋爱关系。过了几个月,根据那个时代的婚姻程序,一天,小姐告诉我这位同学,她母亲要从北京过来相他。如果满意,下一步就要谈婚论嫁了。同学感觉这是常理,爽快地答应明天接受最后的考验。次日一早在楼外等候,突然开来一部乌龟形的小汽车,小姐从里面喜盈盈地走出来,说母亲从北京乘坐飞机过来,需要载他去机场接母亲。我的这位同学一看到这般架势,感觉到大事不妙,赶忙找个借口溜得无影无踪。这段美满的婚姻终于没有结成百年之好。时至今日,我们还经常替以上两位同学的婚姻际遇叹息不已。

我自然是没有这样的艳遇,有时不免感到有些遗憾。但是退一步想,我的这几位同学,难道都是傻子不成?根据列宁先生的高论,研究分析过去的任何事情,都要放到当时的时代中去考察,而不能用现在的观念来衡量。我们既然要从事这种无聊而又无钱的行当,理智之举,无论如何要先掂量掂量一下自己的斤两,然后再考虑考虑美人之类的事情,这就像孙子兵法所云:知己知彼,百战不殆。一旦抱得美人归,日后吃得消还是吃不消是不能回避的事情。即使是在今天爱情至上的大好形势之下,好端端的爱情,不一会儿扛不住、吃不消的事情都还不时发生的。所以对于美女们,闲来无事想想是可以的,如果要当真起来,还是像我的几位师兄那样,慎重为佳。否则,非出乱子不可。当然,也不是说所有抱得美人归的男士们都会遭遇什么厄运,端庄贤淑的美人在这世上还是很多的。只不过在我们年轻的那个时代,大家比较胆小,无端担心,小心一点就是了。我的这种看法,当然是跟不上当今爱情发展的新潮流了,但是说出来听听,总是无妨吧?

我该如何说话？

大概是年龄大了的缘故，我现在最担心的一件事，是越来越不会说话了。比如说，我在上大学和读研究生的时候，经常用到"即使"这个词，比如说"即使天气再热，也不要轻易脱衣服"，这样讲话，大家应该都明白其中的意思。可是大概从八九十年代开始，社会上突然出现一个时髦的词："即便"。上面这句话变得要这样表述："即便天气再热，也不要轻易脱衣服。"用"即便"来代替"即使"，好像满天下的人都明白它的意思，中央电视台的著名播音员也都是这样宣读的，现在的网络平台也都是这样解说的。

我的毛病就是愿意守旧，为了"即便"这个词，花了一阵时间、下了一点功夫想去引经据典，结果却非常遗憾，在八十年代以前，很少发现"即便天气再热，也不要轻易脱衣服"这样的词态，都是"即使天气再热，也不要轻易脱衣服"。"即便"这个词当然在八十年代以前也有，只不过这个词的使用含义，绝大部分与"即使"刚好相反。举个相关的句子："天气太热，汗流浃背，即便脱了衣服凉快凉快。"还可以引用古人的文章，如《三国志·蜀志·谯周传》："亮卒于敌庭，周在家闻问，即便奔赴。"董解元《西厢记诸宫调》卷七："不敢住时霎，即便待离京华。"古人使用"即便"一词，意思与"即使"正好相反。

再深究下去，"即便"这个词的如此使用，最先是在我国台湾地区，八十年代才传进大陆。一传进大陆，就被许多追求新潮的行家全盘接收并广为使用。一次，我遇到台湾大学一位研究语言学和音韵学很有成就的学者，向他请教"即便"这个词如此使用的来历，他轻描淡写地回答，那是因为有些人写了错别字，把"即使"错写成"即便"；同样也是媒体的人率先接受并广为传播，形成了现在这种状态。

这位学者的解答让我十分惊愕。好在这样的新词在社会上流行的不多，就像古人把《诗经》里面的"桃之夭夭"变异为"逃之夭夭"一样，像我这样过时的人还可以勉强应付，继续说话。不料到了新世纪之后，网络语言流行起来，而且层出不穷，花样翻新。社会上也出现了一大班追捧网络语言的人士，其中不乏著名人士和"高大上"的人物。这样一来，像我这种跟不上高科技新潮的落后老人，只能干瞪眼、少开口，以少说话和不要乱说话为明哲保身之道。举一个例子，现在到处流行一种语句"脑洞大开"。我至今无法理解它的含义，脑子是无法开一个洞的，在脑子上面开一个洞，使非死人不可得。死人有什么好流行？后来请教了我的学生辈，才知道"脑洞大开"的意思，是聪明绝顶，主意妙计不断涌现。年轻的朋友如此解读，我还是无法接受，在脑子上面开一个洞，那还会有好结果？

现在的问题是，我们跟网络语言是不可以讲道理的。你老朽不理解，只能说明你背时。唐代诗人刘禹锡有这样的名句："沉舟侧畔千帆过，病树前头万木春。"老朽们自然就是病树了。既然扭不过新潮的大腿，那还是少说话；少说话一久，说话的功能就不能不退化。时至今日，像"脑洞大开"这样的语言文字,到处流行,不仅仅在汉族里面流行,前些时候看电视,竟然看到少数民族人士也在使用"脑洞大开"的时髦语句。网络语言大有超越时空的架势,风靡全国,走上世界,扬我国威。

厦门大学九十周年校庆期间,我召集举办了"国学高峰论坛",邀请厦门大学校友、原中国社会科学院文学研究所所长刘再复先生和台湾著名学者汪荣祖等先生参加。会后,刘再复先生送了我几本书,其中一本是《共鉴"五四"》(福建教育出版社2010年版)。汪荣祖先生则赠我《民族主义与中国现代化》(香港中文大学出版社1994年版)。这两部大著我认真拜读之后,觉得其中提出的一个问题很值得思考。

汪荣祖先生在《民族主义与中国现代化》一书中,侧重从文化的角度来思考中国的民族与现代化问题。他认为,中国有一部分人有文化虚无主义的倾向,如提出取消方块字(与现在很多人只重视英文,对本国语言反而不太懂的现象类似),这可能会令中国分崩离析。汪先生认为,政治的统一和文化的凝聚,仍然是当代不可或缺的立国支柱。那么我想,现在被极力吹捧的诸如"脑洞大开"的网络语言,究竟能否成为传承中华文化的一个新的因素,或者其本身就是一种文化虚无主义的表现形式呢?不可忽视的是,我们现在所流行的许多网络语言,往往都是从英文或其他外国语言中演化出来的。

刘再复先生在《共鉴"五四"》书中最后一章《"五四"语言实验及其流变史略》,专门谈到"五四"时期语言革命的演变过程,这对现在的语言定位也非常重要。"五四"新文化运动中,最先发难的是语言变革,即众所周知的白话文取代文言文。中国古代文学的文学语言与现实语言（文言与白话）界线划得非常清楚，太过于清楚就形成了森严的壁垒，使得文学的丰富性和语言本身的特征受到损伤。这也是促使五四先驱们进行语言革命的一个重要原因。但问题是，我们太过于注重革命这方面的倾向，演变到后来，几乎把当时语言革命当成是单向性的，似乎讲文言就是不好，讲白话就正确。对于这个问题，胡适在《建设的文学革命论》一文中就谈道："我并不曾说凡是用白话做的书都是有价值有生命的。"新文化运动的先驱们也认识到，如果文言和白话毫无边界，白话就会丧失应有的价值和意义。周作人认为，五四文学的精神，是平民的贵族化与凡人的超越化的结合。假如说，文学只是迎合民众而失去贵族的精神和超越的需求，这就使文学从审美的层面下降到现实的层面，如果照这个方向发展，中国文学就会出现很大问题。"五四"时期新文化运动先驱对语言的认知，对我们认识今天的问题有一定的启示作用。

现在网络语言很流行，但作为一个对语言价值有判断的人来说，网络语言只能作为一种参照。但在现实当中，很多人一味迎合，甚至一些重点高校的校长在一些场合也会搬用网络语言作为时髦。这不幸被"五四"先驱们言中。网络语言虽然是从底层产生的，但毕竟生命力有限，我们不能赋予它语言的核心价值。我在读刘再复先生这本书的时候，感触尤深：作为大学，尤其是国内一些著名的大学的校长和学者们，对语言的走向担负着判断和引导的责任和使命，如果国家最重要的语言推广机构毫无选择地地迎合流行文化，势必导致我们的语言走向一个令人担心的发展方向。

作为凡人的朱熹

从明清以来,人们习惯把朱熹抬高到一个非凡的地位,即所谓的"理学的集大成者",其在中国儒学发展史上的地位,仅次于孔子。那么,对于中国的一般民众而言,究竟有多少人了解理学?我们现今很多研究中国哲学史、思想史以及朱子学的学者,写出了很多关于朱子学的论著,学问很高深。但是从我们这些门外汉看来,朱熹的这些学问,究竟是要为国家和社会做些什么?一天到晚"性"呀、"命"呀、"理"呀,是不是有点吃饱了撑的?

这种胡思乱想,对于朱子来说,当然是很不恭敬的。自从我将届花甲之年被学校弄到国学研究院当中去,学校又特别规定学校的国学研究院应该把学术研究的重点放在朱子学上面。从端饭碗的层面思考,我也只能改弦更张,把以往从事中国经济史的行当暂搁一边,来个"形而上",寻找有没有什么朱子学的问题可以研究研究。

我的第二故乡是崇安县,这就巧了,刚好跟朱子居住了约四十年的五夫里同在一个县境之内,撇开九百年的距离,我和朱子可以算是同乡了。由于这个缘故,我回到故乡时,经常有意无意地寻找朱子的

▷ 回崇安时与同学游玩东溪水库

遗迹以及他所留下的诸多文化痕迹。

朱熹的祖籍地虽说是徽州婺源，但自从他的父亲来到闽北之后，他的家族就基本上存留在闽北地区。目前在这一带，还有许多关于朱子及其家族的实物遗存和口传资料，比如朱熹为其家族子弟撰写的《朱子家训》，朱子后裔津津乐道的"文公菜谱"，朱熹创建的"社仓"遗址。甚至在风景秀丽的武夷山风景区境内的隐屏峰侧，有一个与朱子有关的"狐狸洞"。据说当年狐狸仰慕朱子的道德文章，私下爱恋，弄得神魂颠倒。这只狐狸犯的自然是单相思病，无论如何开不出灿烂的爱情之花，但是从这一传说的流行过程看，当时的人们对于朱熹这样的一位博学端正之才，还是把他当作一名实实在在的普通人、凡人。

从现今的文化视野来审视朱熹及其朱子学，毫无疑问，宋代朱子学作为与先秦孔子儒学双峰并峙的中国文化高峰，理应是福建省传统文化的重要宝库。中共福建省委和福建省人民政府把传承、弘扬朱子文化作为我省文化建设的重要组成部分，这是非常正确的。然而在新的时期里，如何进一步深入开展对于朱子学的学术研究，从更为广阔的文化视野中吸取朱子学的优秀内涵，从而使得朱子学在新的时代背景里，得到更加切实有效的继承和弘扬，无疑是很值得我们重新思考的。

朱子学及理学的形成，可以说是宋代最为重要的历史特征之一，然而到了近现代，理学竟然成为饱受人们诟病的文化传统。无论是笃信理学还是研究理学的人们，都可以从宋代理学的庞大体系中找出许多值得世人敬佩和践行的文化精神因素，甚至奉为治国之本；而近现代许多思想敏锐、富有救国救民抱负的学人，却往往痛责理学家的"以理杀人""以礼吃人"。其差异之大，实在令人诧异。

从学术的层面来思考，时至今日，人们依然容易把宋代理学的研究引入两个极端。这一方面是因为随着近现代西方人文社会科学的引进，理学的研究被划入哲学研究的专业范围，理学的形而上思维成了哲学家们思考和探究的核心内容，从理学家们的文本到研究者们的哲学结论，似乎成了现当代对于理学研究的必经之路。而另一方面，历史学的研究，又往往被断代史的分割而无端阻隔，研究宋代的历史学家们，着眼于宋代的思想史特征，而研究明清史的历史学家们，注重于生长、生活于这一时代的"思想家"们。各自欣赏、分别陶醉。

二十一世纪初，历史学家余英时先生撰写了《朱熹的历史世界》。根据夫子自道，他撰写这部著作，就是有鉴于朱子学、理学学术研究的哲学化，使它的形上思维与理学整体分了家，更和儒学大传统脱了钩。因此，撰写此书，就是企图从整体的观点将理学放回到它原有的历史脉络中重新加以认识。然而遗憾的是，余英时先生从历史学家的视野思考宋代朱熹理学的整体动态的演变过程，还是未能突破断代史的阻隔。以朱熹为代表的宋代理学家们，固然全力重新建构"政治文化"与自身"内圣"修养的尊严而可贵的"道统"，但是，我们还是不能否认，这种尊严而可贵的"道统"，确确实实给后世带来了诸多正面的和负面的影响。随着时代的变迁，许多正面的影响，或许为后人所忽视；而那些负面的影响，让现当代许多思想敏锐的学者们，产生了对理学弃之而后快的激愤心态。那么，从宋代到近现代，这中间的明清时期，究竟发生了什么变故？因此之故，从哲学化之外的领域，以及从长时段的演变历史来解读朱子学、理学的这一过程，或许是相当有益的事情。

哲学化的朱子学，实际上是大大限制了人们对于朱子学的全面理解。近现代以来偏重于哲学化的对于宋代朱子学分析，往往把朱子学引向形上思维的文化精神的层面或意识形态的层面，而忽视了宋代朱子学所倡导设计的基层社会管理与民间礼仪的层面。从完整的意义上说。宋代朱子学应该包含道德倡导与社会构建这两个部分的内容体系。朱子学在宋代并没有得到较为广泛的实践，特别是经过政府的制度化的实践。经历元、明、清时期，以皇权为核心的政府统治者根据自己的需求，把宋代朱子学中的一部分，进行了制度化的实践与推广。在这制度化的实践推广过程中，宋代朱子学中所拥有的可贵的社会批判精神逐渐消失，而作为皇权政治的附庸文化角色则得到空前加强。与此相对照的是，宋代理学中的另一个重要组成部分，即关于基层社会管理与民间礼仪的层面，较少受到政府制度化的影响，有些方面甚至还受到政府的指责和压制，反而在明清以来的民间社会，得到了比较良好的实践与传承。时至今日，我们仍然可以在中国的社会乡村里，看到世代相传下来的由朱子《家礼》中传承而来的社会行为准则和礼仪规范的有益因素，正因为如此，我们岂能对于宋代朱子学所提倡的具有社会和谐意义的家族制度及行为规范等，予以视而不见和全盘否定！

从这样的思路出发，我认为，在以哲学为视野考察朱子学的同时，我们是否应该从历史学的、教育学的、文学的、艺术学的、语言学的、科技史学的等各个方面，来进一步开展对于朱子学的多层次、多角度的学术研究？而这种多学科、多层次、多角度的学术研究，是推进新时期朱子学研究的必经路径。

我们跨越自宋代以迄清代末期的近千年时空界限，就不难看出，福建传统学术文化的形成与发展，基本上是确立于宋代，延续于元、明、清以至于近现代。哲学化的朱子学研究，往往把朱子学的思想史研究，局限在宋代的断代史之内，很少思考朱子学的长时段继承与深远的文化影响力。值得福建区域文化自豪的是，从宋代以来，福建区域所涌现的朱子学、卓吾之学以及近代启蒙之学，其文化思想价值是中国其他区域文化及儒者们所无法比肩与跨越的。换言之，福建区域所出现的朱子学、卓吾之学以及近代启蒙之学，当之无愧是自十二世纪来中国文化思想的高峰。令人遗憾的是，迄今为止，我们对于朱子学、卓吾之学以及近代启蒙之学的认识与解读，基本上是各不相干、相互隔绝的。这是一种极为短视的学术行为。

尽管各自的历史际遇有所不同，但是无论朱子学，还是李贽之学、严复的近代思想启蒙之学，他们在中国文化思想史上的地位都是无可替代的和开创性的。我们从中国历史发展进程中自宋代以迄近代的文化思想演变过程中就不能看出，福建的儒者们，都是在不同时代社会变迁的关键时期，发挥着无可替代的文化影响力与历史作用，而这种文化影响力产生的极其永久的生命力，正是源于他们的共同精神核心：勇于批判某些陈旧不合时代进步的传统，力求创新进取。正因为如此，我们今天梳理、总结和弘扬中华传统文化以及福建儒学文化传统，就不应当人为地把朱子学、卓吾之学及严复等人的近代启蒙之学割裂开来，而把他们当做互不相干的偶发性哲学现象来进行研究分析。这样的研究方式及其成果，只能是片面性的，缺乏高屋建瓴式的整体性的宏观审视，大大降低了福建儒学及其文化精神的历史作用与社会作用。

众所周知，中华传统文化及儒家文化最宝贵的核心精神之一是对于多元文化的包容性。也许从哲学的层面上看，朱子学、卓吾之学及近代启蒙之学，确实存在诸多差异，但是从文化传承及其文化精神核心而言，他们勇于对于不合理传统的批判，对于新思维的探索，是一脉相承的。而这种文化精神上的一脉相承，正体现了福建儒学发展史的最耀眼的历史光芒。

举头三尺有神明

闽台民间有一个很有特色、其他地方较为少见的神明信仰,这就是"王爷"信仰。信仰中的"王爷"有多个类型,驱逐瘟鬼的瘟神"王爷"是闽台"王爷"信仰中影响最大的类型之一,主要分布在我国的闽南和台湾各地,曲折地反映了古代闽台地区瘟疫流行、百姓对瘟疫极端恐惧的历史事实。闽台"王爷"信仰在形成和发展中既受到中原文化的深刻影响,又具有浓郁的区域文化特征,这在"王爷"形象塑造为英武沉毅的正神、"王爷"信仰的儒教色彩浓厚、"王爷"职能多样化甚至全能化、王醮祭典的豪奢化、王船漂流为闽台民间信仰传播的特有形式等方面最为凸显。

闽台"王爷"民间信仰,基本上是一种在闽台地区土生土长的地域性民间信仰。但是这一地域民间信仰所蕴含的社会文化意义,却是不能低估的。最先起源于福建沿海一带的王爷民间信仰,不仅随着当地居民向台湾等地迁移,而在台湾得到传播发展,同时亦因这里的居民向东南亚地区移民,闽台王爷也在东南亚地区有所传播。数百年来,各地的闽台"王爷"庙宇香火不断,闽台地区及海外的信众们,也是一代一代地秉持着虔诚的心灵，祭拜传承。闽台"王爷"崇拜的香火，历久弥新。

但是从二十世纪以来，在特定的历史时期，包括闽台"王爷"民间信仰在内，中国的众多宗教信仰、民间信仰，均被当作"封建迷信"而倍受排斥，许多民间信仰甚至被禁止活动。这种行为，从表面上看，是出于对"唯物主义"的信仰和坚持，但是在实际上，是把内涵丰富的"唯物主义"专制化、偏激化了。如今，有关政府已经把闽台地区的"王爷"信仰列入地方的非物质文化遗产保护名录。因此，我们今天对于"王爷"信仰的思考，恐怕不能仅仅着眼于所谓的"封建迷信"的层面，而是应该从更为广阔的民间社会的生活方式层面，去思考这一具有坚实群众基础的所谓"民间信仰"。同时，对于闽台"王爷"等中国民间信仰的认识，我们不能仅仅从社会、政治的层面去理解，也应该从文化的高度来进行全面的审视与诠释。文化概念的含义，自然是相当广阔的，我们至少应该承认，民间信仰毫无疑问是中国传统文化的一个重要组成部分。台湾著名的人类学家李亦园先生在《文化与修养》一书中对"文化的内涵"做出了这样的论说：

> 要具体地了解什么是文化，最方便之道是从英国哲学家罗素的一句名言为引子说起。罗素曾说："人类自古以来有三个敌人，其一是自然，其二是他人，其三是自我。"罗素这句话是有相当永恒的意义，我们可以把它延伸而说明"文化"。我们可以说，人类在历史发展的过程中，首先面临了自然的困境，要克服自然才能生存下去。人类为了克服自然这个敌人，所以创造了第一类的文化，我们可称之为"物质文化"或"科技文

化"。所谓物质文化，也就是指工具以及衣食住行所必需的东西，以至于现代科技所创造出来的机器等，人类借这些创造出来的物质文化与工艺得以克服自然，而取得生存所必需的东西。其次，为了与他人和谐共处以维持社群的生活，所以创造了第二类文化，我们可称之为社群文化或伦理文化，那就是道德伦理、社会规范、社会制度、典章法律等等。人类借这些社群与伦理文化得以从事社会生活，构成复杂的人类社会。最后，人类为了克服第三个敌人——自我，也就是克服自己的感情、心理、认知上的种种困难与挫折、忧虑与不安，因而创造了第三类文化，我们可称之为精神文化或表达文化，那就是艺术、音乐、喜剧、文学，以及更重要的宗教信仰。人类借这些创造以表达内心的种种感情与心理状况，并借这种表达而得到满足与安慰，进而维持自我的平衡与完整。……文化的三个范畴，那就是物质文化、社群文化与精神文化。[1]

显然，包含着宗教信仰在内的精神文化，是人类文化的一个重要组成部分，也理所当然地是中华传统文化的一个重要组成部分。换言之，缺少精神文化、宗教信仰的中华传统文化，是无法想象的残缺文化形态。真正的"唯物主义"概念，其本身就属于精神文化，唯物主义者应该正视同属于精神文化的宗教信仰，当然也包括民间信仰。

早在二十世纪二三十年代，鲁迅先生就精辟地指出"中国根柢全在道教"。我们的祖先，早在数千年前，就告诫人们应该敬畏自然，

---

[1] 李亦园：《文化与修养》第21—22页，台湾幼狮文化事业公司1996年出版。

敬畏天地，把天时、地利、人和奉为国家与社会得以进步、发展、强盛的不可或缺的三大要素。现今的一部分人看来，所谓"敬畏自然""敬畏天地"，饱含着许多不可知论的唯心主义色彩在里面，因此是迷信的。不可否认的是，数千年来，人类对于大自然，对于"天地"的认识，有了很大的进步。特别是近两百年来，随着现代科学技术的昌明，人类对于自然、天地的认识，有了突飞猛进的发展。但是，大自然的奥秘和天地的神圣，永远不是人类所能完全掌控的；同时，作为"人"的个体，在一生的生活经历中，难免遇到许多自己所困惑与无法遣解的精神问题。正因为如此，我们的祖先，为后人创造了许多弥足珍贵的精神文化财富，这其中就包含了以敬畏自然、敬畏天地为核心的道家思想文化。而我们现在所流传下来的民间信仰，正是基于这种敬畏自然、敬畏天地的道家思想文化的基础上发展起来并且传播下来的。

就中国民间信仰的产生和发展的历程看，绝大部分的民间信仰，都是从宋代以来发展起来的。宋代在中国民间信仰发展史上的这个重要节点，正好与中国儒家发展史在宋代的重大变化相互吻合。中国的历史演变到宋代时期，先秦汉唐时代的豪门士族制度，已经土崩瓦解，不复存在，以平民科举出身的士大夫、知识分子阶层，成了宋代社会的中坚力量，社会逐渐向平民化转变。唐代后期以迄宋代时期社会结构的变化，促使了社会的上层建筑即精神伦理、思想教化等各个方面，产生了相应的变化。我认为，宋代理学群体的出现，正是在这一社会基础背景之下涌现出来的。宋代理学家们的思想内涵是多方面的，但是其中的一个重要变化，却对后世的精神信仰产生了巨大的影响，这就是：宋代理学家们在传统的儒家思想之上，一定程度上糅合进来一些佛家和道家的思想，从而逐渐出现了儒、释、道三家相互参糅甚至合一的某种趋向。在宋代的这种文化发展趋向之下，许多民间信仰在这种多元文化融合的沃土中形成和发展起来。我们考察福建地区的民间信仰，许多有重大影响力的民间信仰，如妈祖天妃、保生大帝、清水祖师、法主公、广泽尊王以及"王爷"信仰等等，都是在宋代确立起来的。

唐宋以来中国多元文化的相互渗透与融合，造就了中国传统文化中的宗教信仰和精神信仰深具自己的文化特色。在中国传统的文化语境中，并没有"宗教"一词，"宗教"一词的使用，是近代受到西方哲学社会科学的传播而逐渐广泛运用于国内的。广义上的"宗教"，固然是指人神之间的交往方法，借以追求人生的究极意义，来解决生存问题的社会现象。但是就"宗教"的具体定义而言，即使西方学者，也是众说纷纭，各执己见。从人类文化传统的角度来看世界诸多的不同宗教，就会发现，宗教是与地理环境和文化背景密不可分的。世界众多民族均有他们自己的文化，而他们的文化又塑造了他们的宗教特有模式。中国是一个有着五千年文明历史的国家，中国的文化传统，自有其独特的发展轨迹，与西方各国的文化传统很不相同，如果把西方的学术概念原封不动地硬套在中国的文化历史上，其结果只能是削足适履。以往我们动辄用西方的所谓"唯物主义"来评判我们本土的宗教及民间信仰，在某种程度上也可以说是削足适履。

那么，我们中国人究竟所信仰的是什么样的宗教呢？李亦园先生认为，我们"连我们自己信什么教都答不出来"，"其实我国传统的宗教信仰是一种复杂的混合体，其间固以佛、道德教义为重要部分，但却包括了许多佛、道以外的仪式成分，例如民间信仰中的祖宗崇拜及其仪式，就是最古老的信仰成分，比道教教义的形成早很多；其他又如许多农业祭仪，也都与佛、道无关，所以说我国民间宗教是融合了佛、道以及更古老的许多传统信仰成分而成,因此我们无法像西方人称一民族的宗教为某某宗教一样来说明,只能陈之为'民间信仰'吧。"[2]而这些中国盛行的祖宗崇拜、农业祭仪等,以及体现民间百姓一般日常生活需求等的神灵活动,如岁时祭仪、生命礼俗等,都是中国儒家文化传统的一个重要组成部分。到了宋代,随着儒家文化与佛、道等多元文化因素的相互渗透与融会,中国的民间宗教即民间信仰,就越发体现出以儒家文化为核心的多元宗教文化因素相组合的信仰趋势,民间信仰在宋代较快发展,也就顺理成章、理所当然了。

闽台"王爷"信仰也是如此。闽台地区的"王爷"不是单一神祇,而往往是不同的"王爷"庙里尊奉着不同的"王爷"神。闽台"王爷"的原型,大部分是历史上的道德典型与事功卓著的名臣名将等,尤其是其中的一部分"王爷"原型,是曾经为国家、为民众做出杰出奉献的历史人物。当然,我们现在所看到的一部分"王爷",并不真的是历史上的什么名臣名将,极有可能是民众们自己杜撰出来的虚有人物,但是这些虚有人物在神迹介绍中,也无不被当地民众塑造成儒家道德典型、一心佑民的先世人物。因此,关于闽台"王爷"的种种神明起源及其传说,以及南宋以来这些"王爷"的所谓封号,我们很难在史册中得到比较切实的印证。但是这并不影响闽台等沿海地区对于"王爷"的信仰崇拜。这是因为,宋代以来兴起的诸如妈祖、保生大帝、闽台"王爷"等等民间信仰,顺应了宋代以来社会文化的变迁,顺应了宋代以来的伦理道德、民风习尚普遍价值观,因此这些民间信仰有了广阔的信仰文化基础,从而在闽台、东南亚民间的各个地域内,得到热烈而虔诚的崇拜与信仰。

---

2 李亦园:《文化与修养》第145页,台湾幼狮文化事业公司1996年出版。又参见陈支平主编:《福建宗教史》之《绪言》,福建教育出版社1996年出版。

无论在各地王爷的神迹传说、教义文本、卜问诗签中,或在有些闽台"王爷"的庙宇壁画上所描绘的故事,我们都可以领略到这些"王爷"的宣说,基本上是以儒家的"孝道"理念,以及儒、佛、道各家关于"扬善惩恶"的理念作为闽台"王爷"的神格标准的。不仅闽台"王爷"如此,中国所有的民间信仰,也基本上都是以这种伦理道德作为精神追求目标的。许多民间信仰的寺庙,还印制出各种劝善书籍,用通俗易懂的语言和醒目的图画,把儒家的"孝道"等伦理思想和"扬善惩恶"的故事,向信众们广为传播。

不论是儒家经典,还是佛家经典、道家经典,其内容虽然博大精深,但是这些经典并不是一般的民众所可以学习领会的,因此在很大程度上可以说,这些博大精深的儒、佛、道经典,与一般的下层民众没有太大的关系。而只有把这些博大精深的经典转化成一般下层民众所能接受的语言方式,这种经典才能在中国的民间社会产生重大的文化影响力。民间信仰揭示"孝道"及"扬善惩恶"的理念,正适应了宋代以来经典平民化的趋向,因此对这种民间信仰,我们切不可把拜神祭祀当成简单的酬神求愿行为,在其背后,发挥着重要的教化民众、端正社会的巨大社会功能。包括"王爷"信仰在内的闽台民间信仰,在很大程度上弥补了正统儒家伦理道德教育高高在上而无法直接惠及下层社会的教化缺陷,从而为宋以后民间基层社会传统文化教化的普及,做出了无可替代的历史贡献。

再者,宋代以来民间信仰的另外一个重要特征,是民间信仰与基层民俗的结合。唐宋之后,佛家和道家虽然还有不少虔诚的信徒,坚守着清规戒律,从事着佛理、道法的研习,并且自成系统、渊源可寻,但是在另一方面,宋明以来宗教信仰深入民间社会,宗教信仰以及由此而派生出来的鬼神崇拜成了基层社会文化生活和民俗风尚的一个重要组成部分，也成为基层一般民众日常生活方式的一个重要组成部分。虔诚的许愿祈梦，隆盛的迎神赛会，恐怖的驱邪普渡，已经与广大民众的日常生活息息相关，融为民间文化的整体。在这样的民间文化氛围之中。民间信仰自然而然地成为儒、佛、道三家经典之外的教化社会的一种不可替代的工具。

我们再看闽台"王爷"的庙宇，壁画故事中充满了警示：在世为官不能贪赃枉法，如果贪赃枉法，死后将坠入地狱永背枷锁；为人在世不能坑蒙拐骗、欺负良善，否则死后将在地域遭受割舌炙肉的惩罚；为人若是不孝敬父母公婆，将在地狱遭受百蛇吞噬等等严厉责罚。这些壁画故事虽然恐怖、触目惊心，但是它又是社会现实的真实体现，它能够在人们的心灵中产生巨大的共鸣与暗示作用，从而使得人们在从事各种日常行为时，有所顾忌，有所参照，积极向善，不敢胡作非为。在这种民间信仰的长期熏陶之下，中国的民间流传着警世的谚语如"人在做，天在看""举头三尺有神明"等，这些民间信仰的警世行为，为教化社会起到了无法估量的历史作用和现实作用。我们经常痛恨现在的一部分人，为了权欲、钱欲，不惜利用一切手段，毫无道德和文化的底线。如果我们换一个角度来思考，社会教化和神明警示，是不是也是我们今后应该重视的一个重要方面？

我们从田野调查工作中可以领悟到，自从我们国家改革开放以来，政府逐渐以比较宽容的心态允许民间信仰重新活动。虽然说中国的民间信仰活动一度受到严厉禁止，许多民间信仰的庙宇也惨遭破坏，但是这种文化的印记，是不可能被完全压制消灭的。一旦当得到政策与环境的允许之后，中国的民间信仰，特别是福建地区的民间信仰，迅速得到恢复和发展。这种情景的出现，本身就有力地证实了文化发展的延续性和顽强性。民间信仰作为中华传统文化的一个重要组成部分，它的传承与发展，并不是一些突发性和非理性的阻隔所能消失的，它的传承和发展虽曾受到某种阻碍，但是从长远的发展眼光看，它将继续沿着自己的文化发展轨道，不断前进。这正是我们今天举办"闽台王爷文化信仰研讨会"的意义所在。当然，任何一种民间信仰，都有某些落后的文化因素，我们在继承发扬闽台"王爷"等民间信仰文化的同时，也不应该忘记"取其精华、弃其糟粕"的基本原则，让王爷信仰中所发挥出来的教化社会、端正民风的道德精神意义，进一步发扬光大，把中国传统文化以及民间信仰文化的研究、继承和弘扬，推进到一个更高的层次。

吴晗先生《朱元璋传》重版序

稍微熟悉明代历史的人，大概都会知道半个多世纪以前吴晗先生撰写出版的《朱元璋传》。我是1977年进厦门大学读历史学本科的，其时"文化大革命"刚刚结束，吴晗先生的冤案得到平反。我们学校里面的科研教学正在"拨乱反正"，但是老师们的教学倒有些无所适从起来。"文革"中间使用的教材不能用，新的教材来不及写出来，"青黄不接"。再说，那个时代的学术著作，寥寥无几，不像现在这样的铺天盖地，可供老师们作为教学参考书的书籍少之又少。在这紧要关头，幸亏有了吴晗先生的这本《朱元璋传》。讲授明代历史的老师，几乎有一半时间花在《朱元璋传》之上，还有一半时间则是用在明末农民大起义之上。讲授农民大起义，是"文化大革命"期间历史学教学的强项，延续下来，好像也没有什么不合适的地方。至于朱元璋至李自成之间的这两百年时间，就顾不得那么多了。

我学习明代历史的根基就是这样来的，换一句话说，就是从学习吴晗先生的这部《朱元璋传》开始的。老师在课堂上反复细致地讲，我们也就认真地听；听了不够，赶紧到图书馆去借《朱元璋传》来看。那时的图书馆十分小家子气,馆藏的《朱元璋传》只有两本,全班数十位同学,僧多粥少,大家不免有些争执,伤了和气。好在那个时候班长和学术委员的干部权威比较盛,同学阅读《朱元璋传》的先后顺序,由他们说了算,这样才算勉勉强强解决了"读书难"的问题。不过不知怎么搞的,图书馆里典藏的《朱元璋传》,慢慢地只剩下一本了。多亏随着国家改革开放的进步,出版部门对《朱元璋传》时有重印,高校的图书馆也次第阔气起来,到了今天,学校图书馆里的《朱元璋传》就多了一些,不似当初那般寒酸。

近三十年来,有些学者撰写新的朱元璋传记一类的著作,有些大部头的朱元璋传记,字数超出吴晗先生《朱元璋传》的一倍以上。这些大部头的朱元璋传记,在史实的发掘上面当然要比吴晗先生的《朱元璋传》深入许多。但是就我个人的意见,还是比较偏好于吴晗先生的这本《朱元璋传》。现今出版的大部头朱元璋传记著作,往往比较学究气,适合作为学术研究的参考书籍,似乎不太适合作为高校学生的教材以及社会大众的史学读物。而吴晗先生的《朱元璋传》,则可二者兼得,既适合我等刚进校门对明代历史见识不多的学生学习功课,也适合从事明史学术研究者的参考之用。

我以为,吴晗先生的《朱元璋传》,之所以既可作为学者研究明代历史的参考书籍,又可以作为高校学生的教材以及社会大众的史学读物,就在于这本书对于历史事实的文字叙述深入浅出,可以雅俗共赏。作为明朝开国皇帝以及明代前期的历史,吴晗先生在《朱元璋传》一书中,把需要叙述的重要问题,基本上都叙述到了,即使是后来出版的大部头朱元璋传记,也只是在这些问题的基础上进一步深入展开。但是这些基本问题越是深入展开,越是不能适合社会大众阅读,而是成为学究们的专用品。而我们看了吴晗先生的《朱元璋传》，感受就不同了。书中的许多描述，经常会引起我的会心一笑，同时又不时地令人陷入沉思。如吴晗先生在描写朱元璋的"流浪青年""红军大帅"，以至全书后面的"文字狱"、家庭生活等等，都不能不让人感到开怀与感慨。我想，这大概就是吴晗先生的《朱元璋传》历久常新的奥秘与魅力所在吧！

现在，出版部门又准备重新印刷出版吴晗先生的《朱元璋传》，这是一件大好事，至少可以让我重温大学时期的美好时光。朋友希望由我来为此书的印行，写一篇新版序言。吴晗先生是现代中国明史学术研究的开拓者之一，德高望重，高山仰止，由我来作序，万万不敢当！无奈朋友一再催促，友情难却，我只好写一些关于我阅读《朱元璋传》的往事与感想的微末事情，聊以应对。不妥之处，还望大家批评指教！

为了草拟以上这些文字，我翻出2004年人民出版社以"中国文库"名义重新印刷出版的吴晗先生《朱元璋传》，这是一种简体字和繁体字混杂的版本。作为中国出版业高端的人民出版社，发行这种简繁混杂的《朱元璋传》，不能不说是异数奇葩。我希望新版的《朱元璋传》，字出一门，车同轨、书同文，细心核对，庶几不负吴晗先生《朱元璋传》的大名！

徐泓先生《明清社会史论集》序

　　徐泓先生的又一部大作《明清社会史论集》在台北联经出版公司出版，这令我十分高兴和敬佩！

　　当今台湾学界研究明清史的学人中，能够在大陆和台湾两岸同行中产生重大学术影响力的，徐泓先生大概可以首屈一指了。就台湾的情景而言，现在任职于台湾各重要高校和研究机构的优秀中青年明清史学者，大部分出自徐泓先生的门下，明清史研究蔚然成风，以至于引起某些心存高远的人士，格外的不服气，指责徐泓先生为"学阀"。

　　"学阀"一词，据我猜测，可能是源于汉唐时期的门阀制度吧？故而又有更加吓人的名称："军阀"。大概就是因为中国近代以来的"军阀"过于吓人，1949年之后，大陆的各界人士，不时地要狠狠地批判"军阀"一番，"军阀"的名声臭不可闻。连累之下，"学阀"一词，也就很难吃香，流行不起来。替代之法，是启用了"权威"或"学术权威"的雅称。

　　"权威"一词，是颇为符合中国国情与马克思主义原理相结合的原则的。在先秦的典籍中，"权威"即已出现，如《吕氏春秋》云：

"万邪并起，权威分离。"西方洋人恩格斯亦云："一方面是一定的权威，不管它是怎样形成的，另一方面是一定的服从，这两者都是我们所必需的。"有了这双重的保障，即使是到了二十世纪六七十年代"红卫兵"造反之时，革命小将们也不敢造次，擅自消灭"权威"二字，只是在前面多加了几个字，成为"反动学术权威"。至于伟大领袖毛主席，自然就成了"绝对权威"或"至高无上的权威"。由于有这样的词源关系，徐泓先生在大陆明清史学界中，没有人称他为"学阀"，倒是不时有同行称之为"明清史学术权威"。顾颉刚先生是横跨十九世纪和二十世纪的人物，学问精深，二十世纪五十年代之前，已经被戴上了"学阀"的帽子，但到了六十年代以来，换了一顶帽子，即"学术权威"或"反动学术权威"。

如此说来，徐泓先生在台湾被指责为"学阀"，在大陆被同行尊称为"明清史权威"，倒也不是不可以欣然接受。无论是"学阀""军阀"，还是"学术权威"，都不是任何心存高远的人想当就能当得上的。比如欧洲古时勇士堂吉诃德，很有拯救世道的雄心壮志，但是没有听说人们称他为"军阀"。再如我们古代的吴人孙山先生，"解名尽处是孙山，贤郎更在孙山外"，荣登榜末，我们总不好称他为"学阀"吧？就说眼前的事吧，我和我所认识的许多同行，在历史学界谋饭碗也有三四十年了，也都很希望有人称我等为"学阀"，但是遗憾的是，时至今日，没有！

无论是"学阀"也好，"学术权威"也罢，人们对这两个词的解读可能有许多的不同，但是有一点是毫无疑问的，那就是"学阀"和"学术权威"，必须经过自身艰辛的学习、劳动、探索，从而形成足以影响同行学人以至后世的学术成果和学术流派。从这样的认识出发，徐泓先生被恶谥为"学阀"还是美誉为"学术权威"，都是实至名归、受之无

▷ 与南炳文先生、徐泓先生合影

愧。从二十世纪六十年代开始,徐泓先生在明清盐业史研究、明清社会经济发展与社会风气变迁研究、明代家庭婚姻及人口研究、明清历史地理与城市史研究、明清史源学与《明史纪事本末》的校证,以及学术史的研究回顾与史料编纂等等领域,都做出了卓有创见的研究成果。尤为难得的是,他于古稀之年,尚能密切注视国际上明清史研究的最新动向,向国内同行及时介绍国际上明清史研究的热点问题,如关于"新清史"问题的讨论,何炳棣先生研究成果的引进等等,在大陆明清史学界产生了热烈的反响。如此看来,徐泓先生"学阀"和"学术权威"的帽子,还得继续戴下去。

我和徐泓先生相识已有三十余年,我们既是同乡,又是同行。为了避免"亲亲相护"的嫌疑,我就不好对本书中的大作高论妄加评说了;再说,金声玉振,文心雕龙,又何须我来饶舌!徐泓先生征序于我,我就借此机会,聊些跟徐泓先生似乎有些关联的"学阀""学术权威"的事情,以供徐泓先生及我们的同行们一笑。不妥之处,还望见谅!

《史学水龙头集》自序

把书名定为《史学水龙头集》，不免让人有些费解。

这两年，学校的领导的领导的领导，突然对大学的发展有了新的战略部署，好像是认为中国的许多百年老校的办学宗旨有些问题，用古人的话大概是不合时宜吧？于是一纸公文，号召全国的高校，重新制定各个大学的办学章程。对于领导的话，不论是小领导，还是大领导，乃至领导的领导，我的一贯立场是坚决拥护。对于这样的战略部署，我当然是不能有半点的意见。我们学校的领导，出于惜老识掌故的美意，竟然也邀请我去对敝校新修订的章程提提意见。秉承我一以贯之拥护领导的坚定立场，对于学校有关部门辛辛苦苦制定出来的新章程，我不但没有半点的不同意见，而且还善言鼓励了一番，以示老者风度。这两天看到学校的新闻报道，我校新制定的章程喜获教育部通过，实实可喜可贺！

我虽然对于学校新章程没有意见，但是由于有幸受邀参加新章程的座谈会，倒也乘机把敝校九十余年前的《厦门大学大纲》和现今修订的《厦门大学章程》看了一遍。文字太长，大部分已经记不住，唯有其中关于办厦门大学的目的宗旨之款，却至今不能忘记。九十余年前《厦门大学大纲》中的第三章《目的》之第三条云:"本大学以研究学术、培植人才并指导社会为目的。"现在新修订的《厦门大学章程》第一章《总则》之第四条云:"学校坚持社会主义办学方向,全面贯彻党的教育方针,以人才培养、科学研究、社会服务、文化传承创新为基本职能。"我之所以对于这两款无法忘却,是十分好奇"指导社会"与"社会服务"的差异。搬弄我现在所赖于吃饭的国学研究院所研究的四书五经中的圣人之言,九十余年前校主陈嘉庚先生制定厦门大学大纲时,显然是中了孔夫子的蛊毒,所谓"君子德风",因而应该"指导社会";而现今的新章程,社会有何需求就应该尽力满足,真诚地服务社会,随社会奔波而逐流,这又是应验了孔老夫子"小人德草"的遗训了。

大学一"德草",我们这些托钵于大学吃饭的人等,自然也就纷纷落草、迎头赶上。上一世纪初期,大学里的教授们,经常会有钻进"象牙塔"里潜心学术研究的自豪。余生也晚,自从我进大学之后,"象牙塔"之类的好去处是从未见过,而"社会服务"之类的光荣事业,却是一件接着一件,至今难于推却。我所从事的专业是历史学,本来好像也帮不上社会上发展经济的什么忙。但是政府官员以及社会上的成功人士颇有好古的习气,动辄兴起诸如"文化搭台、经济唱戏""弘扬某某文化"等等的大场面。如此一来,"服务社会"的重任就有了我等执古人等的份额了。

"服务社会"虽然是当今大学时髦的东西,但是我等所熟知的专业范围毕竟有限,对于天南地北、奇招怪出的"文化搭台""弘扬文化"大场面,实在是心有余而力不足。然而领导们站在高教发展的战略高度,晓之以理、动之以情;朋友们美景相邀、酒肉相劝,以权当旅游相引诱，似乎都不太好拒绝。虽则如此，要撰写这些符合圈定题目的文章，却不是一件容易的事情。有一次，一位地方官员加朋友来到学校盛情相邀，我照例以写不出文章以应。不料这位官员加朋友竟然说出这样的话："对于你们大学教授来说，写文章还不是如同开水龙头放水一样简便。"我恍然大悟，如今"德草"了的大学，在社会上的许多官员和成功人士看来，"服务社会"就是开水龙头放水。这就难怪在每次所谓的"文化搭台、经济唱戏""弘扬某某文化"等等的大场面上，坐在台上的领导和成功人士们，无不神采洋溢、滔滔不绝，俨然是文史研究的权威人士，而我等这些被战略高度和服务社会所网罗去的所谓专家，反而成了受教育的听客。在饱受了领导和成功人士的教育之后，我才发现，我们利用业余时间费心撰写的这些文章，实际上是来自水龙头中的清水或者浊水而已。因此之故，我的这本集子，就不能不定名为《史学水龙头集》了。

收进这个集子里的大半文字，就是被领导和成功人士认为可以像水龙头开关似的招之即用、用完即弃的废水。不过对于我个人来讲，态度却是十分认真的。一旦答应了领导和朋友们的招徕，即使是以往很少涉及的领域，也都严阵以待、真诚落实。因此，我的这些漫无边际的文史论稿，至少有一点是可以自豪的，即从来不拾人牙慧，从来不抄袭他人。借用古人的话来自我安慰，就是"读书得间"了。正因为如此，这些被水龙头挤出来的文字，依然有它保存的必要。承蒙福建人民出版社的厚爱，竟然要予以结集出版，这样我的"社会服务"的认真劳动，终于有了受善待的着落。同时也借此大好机会，把几篇与水龙头无关的原属我专业本行的文章挤进去，凑成一大册。现在回想起来，《史学水龙头集》得以出版问世，除了要衷心感谢福建人民出版社的深情厚谊之外，对于这些年来把握水龙头、促使我写成这些体态各异文字的领导和成功人士们，也应当致以应有的谢意！

2014年12月20日

《虚室止止集》自序

《史学水龙头集》的出版缘由，已经在该集的序言中予以说明。为了让大家更清晰地了解这两本集子出版的前因后果，我顺便把《史学水龙头集》的序言附在本书序言的后面，请大家万一有兴趣时相互参阅。

我出版《史学水龙头集》，本意是自己已进入退休年龄，面临着党和国家大力倡导弘扬传统优秀文化、高校竭力服务社会的大好时光，实在是有些力不从心，跟不上形势发展的步伐。故而发一些感慨，希望热心于弘扬优秀文化的有识之士，多多包涵，宽容宽容，少让我等老朽做这些力不从心的重要工作。

不料，个人心愿总是跟不上大好形势的发展，据说许多中央领导要进一步提倡弘扬中华优秀传统文化，大政方针岂容怀疑怠慢！全国各地发掘、传承、弘扬优秀文化的场面愈发热火朝天。就敝家乡福建省的情景而言，各地推动举办地方优秀传统文化的"学术活动"此起彼伏，一浪高过一浪。大概是自己年纪大、耳朵软、认识的人比较多的缘故，这些"学术活动"，本人大多难逃其盛情之邀、竭力支撑应付。于是，去年12月交付福建人民出版社出版的《史学水龙头集》尚未印成面世，眼前案头上堆积的"史学水龙头"的稿件，又可集成一册了。

如此下去，终非全局。自己年老力衰、有损身体事小，勉强对付、耽误了党和国家弘扬优秀传统文化、服务社会的大政方针事大！因此，遵照国家人事制度的维护老人权益的精神，又遵照中国传统优秀文化祖师爷孔老先生的教训"及其老也，血气既衰，戒之在得"，我是不再适宜参与这样的工作了。更重要的是，自从敝家乡福建省领导指示福建省研究优秀传统文化要把重点放在"朱子文化"和"海丝文化"之上，霎时间，福建省内一下涌现出数以千计的研究"朱子文化"和"海丝文化"的专家学者，形势更加喜人。真真可谓"忽如春风一夜来，千树万树梨花开"！再遵照古人"长江后浪推前浪"的箴言，以及今人"待到山花浪漫时，我在丛中笑"的名句文化精神，我只能"知其进退"，不能够再混迹于如此大好形势、人才济济的弘扬优秀文化、服务社会的伟大运动之中了。

承蒙人民出版社的好意，愿意替我出版这些"史学水龙头"的稿件，我在感谢之余，赶紧略做归类编辑，并且把以前少量笔谈、辑述之类的文章，加了进来，形成了这本《史学水龙头告别集》，以示从今以后，本人不再滥竽充数、强做冯妇。希望志存高远热衷于弘扬优秀传统文化和服务社会的有识之士们，看到这个书名之后，本着中华优秀文化"怜贫惜老"的光荣传统，多多原谅，千万不要屡屡来为难老人！

2015年11月11日

《史学的思辨与明清的时代探索》自序

中西书局的伍珺涵编辑要帮我出一本自选集，这是十分令人高兴的事情。我赶紧搜集旧作，从中挑选出三十篇。这些挑选出来的文章，大体可以分为四个部分的内容。其一是关于中国历史学的若干纵向思考；其二是明清社会经济史的专题研究论文，兼及明清两代的典章制度史；其三是有关"中国海上丝绸之路"历史与文化的论说；其四是中国东南沿海区域特别是福建与台湾两地区域社会经济与文化史的研究论文。

1979年，我追随傅衣凌先生学习中国经济史，研究的范围基本限定在明清社会经济史领域。毕业之后留校当助教、讲师，老师健在，恪守老师的教诲，继续从事明清社会经济史的研究工作。八十年代中期之后，正际国家改革开放进入大踏步前进的时代。我所服务的厦门大学，为了适应新时代的发展大势，高明的学校领导为厦门大学的发展指定了新的方向，美其名曰"侨（华侨）、台（台湾）、特（厦门特区）、海（海洋）"。作为厦门大学的一员，领导的话自然是要顺从的，于是从这个时候开始，我的学术研究走向，就不能不掺杂一些关于"侨、台、特、海"的货色。具体而言，就是从事一些有关中国东南地区特别是福建与台湾的区域历史与文化的研究工作。后来,"中国海上丝绸之路"的号角日渐时髦起来,顺着我校卓有远见的"侨、台、特、海"的余威,在这方面居然也可以凑上不少的文字。

这样两三条腿走路下来,到了二十一世纪的新世纪、新时代,我的年龄也逐渐攀升到了知天命、望花甲的阶层。此时热爱中华优秀传统文化的爱国人士,大力倡导"国学"。领导们看我年龄够分量,素来听话,顺便把我弄到厦门大学国学研究院中去守门侍奉。这就相当麻烦了。因为我以往所从事的所谓"学问",中国经济史者,"形而下"也;如今忽然飞上天,摸索"形而上"的东西,着实为难。但是领导的指示是一定要执行的,圣贤不是早就说过:有条件要上,没有条件创造条件也要上。可怜花甲零落人,不得不另起炉灶,写些儒家孝道与朱熹朱子学相挨边的文章,以示自己在国学研究院并没有白吃学校的干饭,"尸位素餐",如果假以时日,说不定就成了你知我知的"国学大师"了。

我这本自选集里的文章,大体就是按照这四个方面编排的。文章质量如何,这由不得自己来说,须由大家来评判。但是从我自己的立场来看,都是认真写作出来的,都是对得起自己的。当然,这本集子出来之时,也无须写一些诸如"敬请方家批评指正"的客套话,因为即使我再谦虚,吸取了方家的批评意见,无奈年龄作怪,也长进不起来了。所以,我现在所要说的两句话是:一是对中西书局和伍珺涵的盛情美意,深致谢忱!二是我由衷感悟,听领导的话是断然不会错的。

陈支平
2019年元旦

卷下：杂咏

——我这人素无诗意，现在突然要来培植，绝无可能。只能退其次，尽可能摸仿格律诗的规范，以及把自己心中所要说的话表达出来。

小引

由于时代的际遇,我们这一辈人,经历了闹革命、回乡插队当农民的蹉跎,大多"学无根柢"。上了大学之后,紧追恶补,侥幸端上学术的饭碗。不料我即将到花甲之年,学校把我放在国学研究院院长的位置上,情景就不一样了。世人对于新近时髦的"国学",寄予无限的遐想和企望,以为吃国学饭的人,一定是琴棋书画、经史子集样样精通。一些好事的人,就会不时地要我做题词留字的事情。我真诚地推却,反而招来"架子大""矫情"的恶评。无奈之下,决心年近古稀做童生,学着写律诗。

写律诗,据说第一要符合格律的规定,第二是要有诗意,第三是要能表达自己的心声。我这人素无诗意,现在突然要来培植,绝无可能。只能退其次,尽可能模仿格律诗的规范,以及把自己心中所要说的话表达出来。就这样,我的这些所谓的律诗,基本上是我对以往生活的回忆。在高明人士的眼里,自然只能算是作诗填充,而在我自己心目中,酸甜苦辣咸五味杂陈,就算是敝帚自珍吧!

在学作诗的过程中,我曾虚心向内行的人求教,也许他们认为我年纪大了，又是什么院长、会长，不太好意思也不太愿意教我，我也就只能自己"摸着石头过河"了。正因为如此，我要特别感谢何歌劲、施榆生两位同辈挚友，经常给我诸多帮助。书中有关家乡泉港的图片，承蒙摄影家陈荣玉和陈振峰老师二人提供，在此一并致谢！

想想过去

儿时杂忆之一（社戏）

乡亲感戴敬仙翁，

飘笛丝弦献素衷。

老壮辛勤谁看戏？

唯余神佛与孩童。

儿时杂忆之二（社戏）

酬神村里唱东风，

观场孩儿意趣同。

不识戏文为甚物？

原来只想饼加葱。[1]

儿时杂忆之三（社戏）

斜门旧栋妗家贫，

社戏招甥做客人。

舅惜外亲同血脉，

室虽穷困寄情真。

1　饼加葱，即葱饼，家乡的一种油炸小吃。孩儿在戏台下跑来跑去，只盼望家中大人买一个葱饼给他们吃。葱饼到手，戏也看完。

讨海之一

潮落村边勤讨海,
滩涂鱼蟹自徘徊。
大哥每每丰收获,
我却频频丧气回。

讨海之二

凫掠晨曦拾野蚵,
村姑夕照唱渔歌。
应知讨海随潮汐,
朝露微风晚燕多。

家贫屋漏咏

乡村贫困无华厦,

落地呱呱泥壁家。

窗牖局微少透亮,

屋基迫仄尽坑洼。

敝房暴雨漏无止,

荒地狂风带细沙。

慈母护儿忙补葺,

我犹漫读念咿呀。

咏番薯之一

祖传主食是番薯,
惠及千家积德高。
人众济荒可果腹,
物稀度岁酿醅醪。
水磨淀粉充兼味,
日晒长藤当草蒿。
富足当今非昔比,
内心感戴永念叨。

咏番薯之二

家乡番薯充粮草,
酿炒蒸炊足胜夸。
在外乡人谋事业,
常为讥戏是地瓜。

咏海鲜

临潮海错各争奇,

煎煮无油异味驰。

生猛鱼鲜今贵重,

当年清水仅充饥。

△ 泉港家乡的赶海

少年杂忆之进学（小学）

穷乡小学无雄谋，

留级升迁听自流。

贫室书生常拾粪，

农家子弟早牵牛。

春秋四季毋温习

寒暑全年须种畴。

耕作每逢有急事，

课堂田亩任优游。

少年杂忆之进学（中学）

中学离家廿里路，

臭头雅号数荒芜。

鹑衣百结御身体，

稻草千联垫卧铺。

佐味菜干兼豆豉，

主粮番薯共粗糊。

忽闻造反焚书令，

难卜从今适哪途？

回乡务农

务农世代成恒业,
执耒无文亦正常。
家困可怜身瘦弱,
难堪重负不昂藏。

搬迁初到崇安黄柏村

搬迁骨肉到黄柏,
水色山光堪慰愁。
环绕清溪飞鹭燕,
相依绿树唱凫鸥。
竹篁片片冒新笋,
鳜鲫排排急上游。
村里贫穷无剩屋,
安家破庙与神俦。

△ 崇安县老家的田野

移学崇安二中

斜阳古栎吴屯镇,

低屋新修权作庠。

叠嶂青山多野兽,

漂环绿水少人间。

敝衣败裤农家子,

酸笋粗粮中学郎。

贫困生员顾手足,

黉宫处处尽朝阳。

△ 原崇安二中已不存,现改名为武夷山市吴屯中学。2016年我和爱人在原崇安二中旧址留影。

往返徒步上学数十里

学校离家数十里,

公家车费五毛钱。

家贫无力空嗟叹,

意壮雄心徒步前。

攀岭青松览燕雀,

登山翠竹戏杜鹃。

鸡鸣跋涉黄昏到,

慈母村边泪涕涟。

忆崇安二中

瑞岩寺上佛光照,
狮子山中聚众才。
校舍有差力建造,
厨房缺备拾薪材。
凤凰杂处心无垢,
青鸟探看情未开。
砚席风流难忘却,
嗟乎不抱美人回!

学插秧

清明三月鹧鸪天,
原野山间早莳田。
播种插秧繁重事,
自夸圣手好多年?

寒冬放木头

严冬腊月放松筒,

刺骨残冰试杰雄。

耐得冽风无限苦,

我身已在寒溪中。

构新居

暂栖破庙非长局,
相议高堂构屋居。
自任木工兼版筑,
功成辛苦胜茅庐。

深山扛木头

扛木深山只向前,

相依性命过山巅。

旧时伙伴多成古,

自重平生望杜鹃。

砍柴歇息清泉边

清涧无人独细流,
绿苔伴水溢甘柔。
樵夫跋涉堪休息,
沁我身心喜上头。

咏农业学大寨

疲惫睡眠同狗晚,

醒来急问鸟鸣无?

山西大寨飘旗帜,

奇迹当惊世界殊。

咏"批林批孔"之一

面朝黄土背朝天,

世代农民苦力田。

蓦地一声擂战鼓,

且将万众斗文宣。

红旗漫卷穷人笔,

黑手高悬霸主鞭。

可叹千年孔至圣[1],

无端遭罪受牵连。

咏"批林批孔"之二

批孔喧嚣声震天,

吾人壮志著先鞭。

托词批判查经典,

借口宣传撰翰篇。

诓语或能免种莳,

漫言只为不耘田。

于今能吃文科饭,

感戴当年胡乱编。

---

1 文宣、至圣,均指孔子,孔子被后世尊称为"至圣先师""大成至圣文宣王先师"等。

腊月进山访知青老友

路窄林深处处渊，

墙篱破败见炊烟。

知青老友寒风立，

困境重重可种田？

△ 在崇安县（现武夷山市）与知青合影

1976年深山访故人

深山访故人,

林密鸟啼频。

时运虽无济,

遥知总是春。

咏紫云英

潇潇春雨众山青,

绽放黄花布谷鸣。

万秀千红原野碧,

焉能缺失紫云英?

咏寒冬晒太阳

于今下雪非凡事,
昔日霜寒只等闲。
村老贫穷无大褂,
东墙火钵晒朝阳。

采笋

翠竹幽兰雾渐稀,

乍停春雨雀双飞。

采来嫩笋齐筐篓,

却看娇莺不忍归。

咏桉树

桉树出南方,
闽山换绿装。
大枝荫茂盛,
小叶干修长。
屹立挡风袭,
成排壮景观。
可怜造化物,
何必做材梁!

再咏桉树

贫穷同学连床睡,
只备铺单与被棉。
猖獗夏虫无幕帐,
天施桉叶助安眠。

咏老茧

少年耕作度年华,
胝足辛勤耒耜耙。
手上至今存老茧,
爱妻笑我旧农家。

月夜思故乡

苍狗白云思发呆,
星稀月朗费神猜。
雁声远过武夷去,
可有家乡紫气来?

看看现今

辛丑过小年感怀

疫虐祈瘟祖,

平安祭灶君。

鸡羊多费事,

唯祝酒熏熏。

除夕围炉感怀

寒风冷雨正围炉,

愁绪无端袭老夫。

但愿瘟神绥靖日,

清茶亦可替屠苏。

壬寅迎春感怀

寂寞寒梅独自开,

冬瘟阴雨亦悲哀。

春风若与黔黎便,

万户开颜紫气来。

新春与诸君共勉

伴身竹帛偏锺酒,

岁旦逢君岂可休?

焉顾血糖天外窜,

举杯我自乐悠悠。

壬寅春节和重光兄韵

春风东海觅鸾凤,

阴雨芙蓉暗百花。

瘟虐神州多晦气,

桃符万望慰寒家。

壬寅新春涂岭古街新貌赞

通衢自古夸风雅,

积淀斯文是我家。

贤哲而今重整理,

古街处处簇新花。

献给家乡抗疫

海国沃畴多劲草,
岂能壮士惧凶滔?
不仁天地成刍狗,
有义家园化碧涛。
恐后须眉无老少,
争先巾帼足堪豪。
因之我欲梦桑梓,
一束馨香献醴醪。

辛丑中秋疫情隔离有感

凭栏远眺是高楼,

灯火千家渡盛秋。

明月年年常缺憾,

新冠日日未平休。

香茶几盏敬瘟圣,

浊酒三杯祈庇庥。

本应团圆金季节,

却成无尽痛心愁。

家乡抗疫自嘲

故里凶灾遇恶年,
四方驰助有乡贤。
书生情意涂鸦纸,
好义输公仗计然。[1]

---

[1] 计然,春秋时期著名商人,这里泛指企业家。

壬寅春雪

正月山村下大雪,
几人欢畅几家愁。
追星少女忙嬉闹,
网络青年歌不休。
种莳人家惧冷冻,
打工一族怕行游。
苍天慈善多怜惜,
莫教人间苦望秋。

壬寅春雨

雾笼二岛鹭无踪,
万物苍凉料峭中。
淫雨岂能知节气?
疫情阻滞不春风。

元宵厦门金门二岛放烟花有感

元宵海上绽烟花,

二岛相亲竞物华。

曾忆蒨桃呈寇准[1],

惜怜物力有谁家?

---

1 宋代蒨桃《呈寇公》诗云:"一曲清歌一束绫,美人犹自意相轻。不知织女萤窗下,几度抛梭织得成?"

赞电视专家

山河缺憾事蹉跎，

忧愤民间怀九歌。

宝岛不安术士涌，

东宁混乱大家多。

随心臆想献奇策，

信口雌黄悬若河。

云去雾来善使舵，

呕吟长袖舞婆娑。

望台湾之一

长云海瀣暗河山,
道阻波涛似险关。
百战死生依国姓[1],
金瓯何日再收还!

望台湾之二

海陬明月古寻常,
圆缺关山苦庙堂。
但使尊侯施帅在[2],
定教九鼎焕重光。

---

1 国姓,即国姓爷,郑成功。
2 尊侯施帅,即靖海侯施琅,字尊侯。

参加根亲座谈会有感

竹帛喧嚣正务虚,

关河空锁乱臣居。

豪言未冷东宁乱,

魍魉原来不信书。[1]

[1] 有某政府部门意出善良,组织举办海峡两岸的"根亲"研讨会。会上有学者指出现今台湾有一部分"台独"分子,极力去中国化,数典忘祖。因而有感,借唐人章碣的《焚书坑》诗而化之,章碣的原诗是:"竹帛烟销帝业虚,关河空锁祖龙居。坑灰未冷山东乱,刘项原来不读书。"

清明凄雨

清明凄雨苦无休,
相隔阴阳各自愁。
难得冥司门禁放,
奈何丽日拜坟丘?

清明扫墓

凄雨唱鹧鸪,
香烟遍野途。
子孙情意厚,
先祖享之无?

咏钱

人生一世岂由命?
困达枯荣钱定赢。
潇洒古贤阿堵物,
风流骚客孔方兄。
青年羞涩常哀叹,
暮老宽余反不宁。
一副穷身节俭相,
决心消费曷堪情?

咏茶

武夷茶叶声名著,

聊啜香茗忆昔年。

堂上备茶存善俗,

路人解渴胜甘泉。

惊奇今物成珍贝,

艳羡姝娥做锢仙。

养德修禅价曷止,

囊中羞涩奈何天。

△ 武夷山的茶园

咏茶文化

茶叶如今价位巅,

修身爱国万般全。

一朝凡物成文化,

似我庸人苦不前。

咏酒

年华青壮嗜醇酒,
碗盏觥筹有裕猷。
陪客豪饮瘫在地,
谈情小酌显温柔。
老朋吆喝千杯尽,
内子担忧万事休。
最恨血糖自主窜,
何时仍可解千愁?

咏酒文化

佳醪美酒多人爱,
失意飘零可解忧。
权贵富商交玉盏,
提升文化永无休。

游武夷

我家门对千峰秀,

碧水丹山景最优。

世事仓皇何自赏?

唯逢来客始相游。

秋到武夷

秋到武夷山寂落,

玄黄千树失风华。

蘠陨蝶义同消去,

情种蝴蝶最恋花。

叹武夷山家乡杜鹃

绿遍山原春满地,

杜鹃声里杜鹃花。

如今花树成稀见,

卖与非凡富贵家。

咏枫树

古来枫树名声著,
赞誉诗词二月花。
霜降泠泠红烂漫,
寒风瑟瑟映秋霞。
堪怜木物本樗质,
聊做梁薪皆甚差。
可喜料材耐腐败,
甘当柱础惠农家。

记同学聚会

同学相邀聚故乡，
于今景况有温凉。
老成子弟盼垮灶，
香艳师徒进舞场。
事业成功多壮志，
生机不济少荣光。
世间已历几多载，
谁识心中无雪霜？

崇安二中同学五十年后重聚

辍学青年白发回,

拥推喜泣意难衰。

后生诧异开天事,

惊问颠狂哪处来?

重回崇安二中

秀丽楼房落翠微,

青茵春燕露生机。

乡民土著多迁出,

学子稀疏泣叹欷。[1]

---

1 近年国家重视山村教育,校舍一新。但是乡民多外出打工,校园里面学生稀疏,显得空荡。

重游吴屯瑞岩寺

违时古寺亦悲哀,
造反汹汹败阁台。
佛祖如今禅运济,
虔诚香客接踵来。

观游灯

富足新春意未央,
灯龙华景胜平常。
全村老小齐欢乐,
不可矫情骂庙堂。

家乡新春鞭炮感怀

家贫当日无佳馔,

爆竹依稀四五声。

鞭炮现今连夜响,

惊呆天地不安宁。

偕孙儿游芙蓉湖之一

孙儿戏闹未知归,

紧步爷爷汗湿衣。

湖上芙蓉今不见,

岸边白鹭疾徐飞。

偕孙儿游芙蓉湖之二

青茵绿树凤凰花,

成对天鹅四五家。

最爱稚儿追鸭跑,

更惊喜鹊唱枝桠。

孙子初进幼儿园

九月稚孙进学来,
合家相送笑颜开。
晚边老小重相聚,
扑向爷爷泪满腮。

三岁稚儿打疫苗

园长来微信,
儿童打疫苗。
哭声连一片,
父母痛通宵。

咏爱妻

客家有女是娴媛,
丽质天生出闺门。
许嫁陈生操井臼,
委身陋宅耐辛烦。
工资窘少顾三代,
柴米无多育后昆。
今日薪钱过数万,
自安素面乐何言。

献贤妻

求学贫寒始识君,
操持家计惜分文。
门楣今日常宽裕,
本色无华喜素裙。

在厦大登高望湖海

花绽凤凰双燕绕,

芽新草长鹭鸶飞。

熏风惹得芳心醉,

夕照帆船几忘归。

春游上李水库

三月熏风到我家,

花园水库绿无涯。

游人漫步频频顾,

老小思春正护花。

咏梅

前贤多有咏梅句,
立意情怀各不同。
豪迈报春毛领袖,
伤心寂寞陆放翁。
义山相妒最堪恨,
子厚垂怜飘朔风。
科技现今反季节,
等闲梅树百花中。

暖冬咏桃花

冬寒寂寞艳花来,

忠惠曾嘲腊月开。

寒暑无常今始信,

新春犹见绽红梅。[1]

1　蔡忠惠即宋代蔡襄,曾经写过《南剑州芋阳铺见腊月桃花》:"可笑夭桃耐雪风,山家墙外见疏红。为君持酒一相向,生意虽殊寂寞同。"

怀旧购得红色革命歌曲唱片伤怀

金迷纸醉足堪夸,
怀旧寻音进店家。
歌女不知狐媚耻,
阳春翻作后庭花。

奉郭女史大作感怀

《蝶语寸心》欣正雅,

《此心安处》在卿家。

诗人吟诵家乡地,

游子桑榆慕倩华。[1]

---

[1] 郭女史是家乡泉港区作家协会的副主席郭淑明女士,新春我回家乡,她赠我《蝶语寸心》和《此心安处》两本诗集,拜读之后有感。

壬寅新春慧钦奉令堂来访感怀

大吉柴扉喜庆开，

新春恭候玉人来。

当年坚毅艰辛日，

倩影佳音敬腊醅。[1]

---

[1] 学生刘慧钦母亲刘玉钗女士，是莆仙戏的名旦，九十年代担任莆田市莆仙戏二团团长。时逢政府对于剧团的管理转型，财政投入锐减。刘女士率领全团四五十号人马，身负全团团员养家糊口之责，不得不穿镇走村，自谋演出生路，其意志精神之坚毅甚为可敬。

咏校园开放游人多

情人谷里客嚣喧，
宁静黉宫苦乱痕。
多少可怜寒子梦，
披星戴月盼龙门。

游江西赣州龙南名山

壁立丹霞百仞峰,

将军拔剑自无同。

武夷山水何相似,

故里依稀醉梦中。

无题

饱暖思淫欲,
皆怀济世才。
俄乌酣乱战,
争着实施来。

无题

茵茵绿草杜鹃开,
阡陌青青百折回。
访得人间千古事,
秋冬春夏燕归来。

自嘲

飘零山海农家子,
贫困亨通自叹嗟。
志短人穷无远见,
粝粗衣敝度年华。
曾经执盾听羌笛,
有过耕田闻聒鸦。
幸得读书稍富足,
感恩天地与官家。

自嘲

号称教授自朦胧,
司铎皋比似乱蓬。
学术堪能谋足食,
文章田野寄东风。

胡思乱想

开题

不扬其貌早心知，
每遇倾城已自卑。
何物为情虽不识，
胡思乱想或相宜？

怀童养媳

未雨绸缪童养媳,

婷婷佳偶舅家来。

幸亏颁布婚姻法,

伤逝金珠[1]暗自哀。

---

1 金珠,家乡泉港的俗语。农家疼惜闺女,往往以"金珠"呼之,以示珍爱。

情愫朦胧时刻

年少飘萍务种田,
荷锄漫步共东阡。
伊人饷馌含羞怯,
我却茫然失并肩。

无题

三月门前稻叶繁,
飘香田野早销魂。
青莺几度临闺牖,
春燕何时飞入门?
相遇日中装不识,
私逢月夜效鸳鸯。
小溪环绕花姣好,
难舍卿卿诉爱言。

怀伊人

情萌佳丽意朦胧,

春日依稀睡梦中。

曾忆当年牵子手,

如今劳燕各西东。

无题

伊人别去各西东,
琴瑟无端不再逢。
山陬梨花无次绪,
溪前桃树缺东风。
长年寂落酒伤后,
几度沉沦郁闷中。
情愫于今成记忆,
遣怀感慨古来同。

偶遇卿卿

卿卿早嫁他人妇,
千种情怀本应休。
一日逆旅相偶遇,
百般过往记从头。
想君疾首已无语,
而我痛心积万愁。
相视泪言终应别,
重逢惆怅到几秋?

无题

佳人已共烟尘去,

我自惆伤不胜言。

错莫连声焉有益?

放翁何必忆沈园!

无题

洛神缥缈是仙姝,

甄氏尊妃世上殊。

妄自相思成绝唱,

陈王不应梦欢愉。[1]

---

[1] 陈王即曹魏时的曹植。

咏后羿

造化弄人行陌路，

偶逢佳丽胜仙姝。

多情却被无情误，

后羿悲哀信纯狐。[1]

---

[1] 关于后羿的爱情故事，先秦时期有多种说法。这里采纳屈原《楚辞·天问》中后羿为纯狐所害的记录："帝降夷羿，革孽夏民。胡射夫河伯，而妻彼雒嫔？冯珧利决，封豨是射。何献蒸肉之膏，而后帝不若？浞娶纯狐，眩妻爰谋。何羿之射革，而交吞揆之？"

咏陈圆圆

本是秦淮八艳班,
蛾眉歌舞帝王看。
红颜自古多乖命,
三桂冲冠为哪般?

咏陈经邦

博学经邦做帝师，

昭阳怜敬效于飞。

君王孝顺予方便，

徒使儒臣愧叹欷！[1]

---

1 陈经邦（1537—1616），字公望，福建莆田人，嘉靖四十四年（1565）进士，授翰林院编修，神宗朱翊钧在东宫时任讲读官，官至礼部尚书。民间传说其与皇太后有恋情。陈经邦当年为穆宗太子任讲读官，六年后，太子登基，为万历帝，他仍侍读经筵。万历十岁登基，太后称陈经邦为白面书生，还曾御书"责难陈善"四个大字赐他，并特诏免朝参。因万历帝才十多岁，都是生母李太后陪伴，由于日久生情，陈经邦又住宿官中，所以李太后常夜去陈经邦住处，年长日久，自李太后至陈经邦住处的草地上，被走成一条土路来。万历帝发现了，很是气愤，但不知是谁走到谁处，就想试探一下，万历帝命人用白灰洒在地上，第二天查看，原来是李太后的鞋印走向陈经邦处，万历帝就无话可说了，但动起了孝心，这样夜夜打露，会影响健康，就在这条路上，建起了"盖露亭"，以方便太后夜行。建成后，叫陈经邦题写亭名圆"盖露亭"。陈经邦自知恋情败露有愧，就马上辞官回家了。

咏武夷

武夷山上神仙住,
彭氏双君最有情。
骚客古来多吟诵,
民间偏好爱狐精。

咏武夷狐仙

隐屏峰上雁声惊,
修炼千年果欲成。
世说狐精思仲晦[1],
仙人应可效莺莺。

---

1 仲晦即朱熹。民间传说武夷山隐屏峰侧有狐狸洞,狐精仰慕朱熹得了相思病。

咏李寄

李寄闺中未嫁时，

凶危罔顾斩长蛇。

豪情赢得君王爱，

可惜如今世少知。[1]

---

[1] 李寄，据传为上古闽中女英雄，今少人知之。《搜神记》卷十九载："东越闽中，有庸岭，高数十里。其西北隰中，有大蛇，长七八丈，大十余围，土俗常惧。东冶都尉及属城长吏，多有死者。祭以牛羊，故不得祸。或与人梦，或下谕巫祝，欲得啖童女年十二三者。都尉令长，并共患之。……寄乃告请好剑及咋蛇犬，至八月朝，便诣庙中坐，怀剑，将犬。……寄从后斫得数创。疮痛急，蛇因踊出，至庭而死。……于是寄女缓步而归。越王闻之，聘寄女为后。"

无题

青涩时光慕佩兰,

暮年相见意阑珊。

佳人惟应随风想,

倩影难寻只浩叹。

咏美人

梦中昔日有情人,
万种风情似洛神。
今旦重逢真失望,
一门心绪数钱银。

我也读《聊斋》

聊说狐精多爱恨,

艳香惹我乱徘徊。

夜残更漏无心绪,

仙女姗姗曷不来?

咏穆桂英

英雄砥柱凭虚幻,
举国皆知穆桂英。
良策苦无御外寇,
美男幸有慰闺情。
冲锋巾帼驱顽敌,
快乐须眉甘后行。
威武强兵思正道,
自然借重女儿兵。

咏巾帼英雄

危难当头巾帼在,
出身寇敌世皆同。
多情甘入男怀抱,
报国招安建巨功。

咏莆仙戏

莆仙戏曲竞阳春,
天上弦歌似酒醇。
最喜出征男女共,
雌雄平等世罕伦。

咏美人

环肥燕瘦汉唐风,
美媚从来识不同。
小姐本为尊贵重,
三陪今却事灯红。
明眸皓齿嫌俗土,
黄发青眉画彩虹。
更有变身高境界,
雌雄索性易新容。

读史

读史不通愈懵懂,
历来尤物世当惊。
先朝女子招殃祸,
两宋佳姝带强兵。
院落秦淮怀爱国,
身委鼎革守情贞。
保民致害唯天晓,
疑惑焉能辩得清?

牧童短笛

田园意境世偏爱,
诗画丹青绝妙词。
短笛牧童好雨后,
晚风蓑笠月明时。
我曾狂且欲跨坐,
牛则狼奔拒驯骑。
牯犊于今无此景,
先人或是幻差池?

观音堂

偶读苏轼七绝诗《雨中游天竺灵感观音院》[1]，想起幼年时母亲常带我到家旁的斋堂拜观音菩萨，亦试七绝二首，以寄怀念。

(一)

观音堂在我家旁，

慈目矜观世道长。

虽不有求思必应，

善良罪孽判周详。

(二)

观音堂在我家旁，

慈母为儿求佑障。

菩萨怜徒虔敬意，

本无吝惜降千祥。

---

1 苏轼原诗是："蚕欲老，麦半黄，前山后山雨浪浪。农夫辍耒女废筐，白衣仙人在高堂。"